U0132679

谢勇 著

非常识

中国民主法制出版社

图书在版编目 (CIP) 数据

非常识 / 谢勇著. —北京：中国民主法制出版社，2011.1
（评论中国系列）
ISBN 978-7-80219-810-4

I. ①非⋯ II. ①谢⋯ III. ①杂文—作品集—中国—当代
IV. ①I267.1

中国版本图书馆CIP数据核字（2011）第002822号

书名 / 非常识
FEICHANGSHI
作者 / 谢 勇 著

出版·发行 / 中国民主法制出版社
地址 / 北京市丰台区右安门外玉林里7号 (100069)
电话 / 010-63292534 63057714 (发行中心) 63055259 (总编室)
传真 / 010-63292534
Http: //www.rendabook.com.cn
E-mail: mzfz@263.net
经销 / 新华书店
开本 / 32 开 889毫米×1194毫米
印张 / 9.25
字数 / 146千字
版本 / 2011 年2月第1版 2011年2月第1次印刷
印刷 / 北京华正印刷有限公司

书号 / ISBN 978-7-80219-810-4
定价 / 25.00元
出版声明 / 版权所有，侵权必究。

CONTENTS 目录

告别革命，告别爱情

001

为什么我们都是艺术家
133

学术正业

205

告别革命，告别爱情

互联网的肉身状态

2007 年用自己的钱买过一份《南都周刊》，惟一一份，"中国上网二十年"那一期。现在网络文化研究越来越热，官家研究网络与舆情，象牙塔里研究网络媒介的交互理性小对体冷与热或者大众文化狂欢的数据模型，媒体中人琢磨着互联网如何声色犬马地推动中国公民社会。这份周刊基本上成功，因为它少有的不装，并且深入互联网空间，用自己的切身体会真实描绘出中国互联网发展二十年的点点滴滴。我一直有个观点：关注互联网的发展，剥离开网民单纯谈网络媒介传播的技术特性造就的互联网文化和互联网美学，就如同剥离开我苦大仇深，有着强烈身体和精神饥饿记忆的父亲母亲去谈春晚一样不恰当。

不幸的是，我们的网络研究者，往往就喜欢这样做。所以，要真正在思想的层面理解中国互联网，目前来说，最好还是多在网络上泡一段时间，再去关注一下《南都周刊》

和《三联生活周刊》这类的媒体,否则只会得出些不着调的互联网出现对中国文学发展有利有弊、新媒体对青少年的心理健康教育造成极大冲击等等的结论。这种对互联网研究的不着调表面原因是他们对互联网的"地平线"想象,更深层次上是传统学者对于新媒体始终存在着的隔膜和恐惧。造成这种心态的原因挺复杂,既有思想僵化的中老年人对于一切改变现实秩序可能性的本能反感,又有圈中"人文"知识分子对于技术的变态崇拜或者恐惧,还夹杂着咱们中国当代学界对常识的置若罔闻。

总之,这些互联网研究者们都在努力地建设,或者更准确地说是描画互联网未来的一种道貌岸然状态。而在另外一个层面上,他们的价值却就在于互联网目前的一种"非道德"状态——正是因为在某些掌握话语权的人眼里互联网是非道德的,学界关于一个很傻很天真的互联网的描绘才能获得意义:分一杯羹——这是现在互联网"研究"的先验前提。

"中国上网二十年"这一组文章中我最喜欢看五岳散人那篇《我所知道的中文网络色情》。这篇文章之所以深得我心,既是因为所有不求上进青年的成长经历往往惊人的一致,更是因为它揭示了某种真相——和革命现实主义与革命浪漫主义相结合的样板戏揭示真相方式迥乎不同，类于《皇帝的新装》中欠扁小屁孩那种。真相就是：互联网存在一天，网络上的情色就会存在一天；免费的午餐互联网大众化了多久，网络色情就存在了多久。这个可不是瞎说，在欧洲发明互联网、美国因为害怕核打击而发展这个技术的同时，那些科学家与军事专家们就曾在初级的互联网模型上传输过美女图片，主要是考察传输的速率与成像的精确度。但正好也成为一种隐喻，象征着所有方便的传播方式都无可避免地成为"食色性也"的注脚。互联网技术最基本的生存逻辑也就在于此，所有打算封闭它的想法，除非一剪子剪掉网线，否则就是一种痴人说梦的胡话。网络色情也是如此，只要互联网存在一天，它就不会消失，说白了，只要人类还有繁衍的能力与欲望，这个世界就还是这么运转着。

这篇文章提醒我们，互联网很黄很暴力的问题在某种意义上可以转化为我们在今天如何看待自己的身体与性欲的问题。这里提到的"我们"不包括如下一些人：不知王小波为何物的文学研究者；主张我们应该压抑自己以换得苟且之时加倍快感的专家等。"我们"就是一群老老实实，有些男女欲望，但除了老婆以外一般有贼心没贼胆，又没

有机会在演出后与女演员握手合影的普罗大众，是除夕夜手捧着热气腾腾的韭菜馅饺子端坐在显示器前炮制"天涯"那个有几千万点击率牛帖的网民。

福柯《性史》的第一部分叫做"我们'另一种维多利亚人'"，他说："很久以来，我们维持着一种维多利亚式的人生规范，甚至今天仍受到这种规范的支配，因此，关于性我们压抑克制、羞于言说、虚伪不堪，这些又被看作是品行高尚而备受崇尚。"看来，正襟危坐不是我们这个国度的特产。不过，有意义的是，他接着指出，维多利亚时代同时也是色情文学在英国的黄金时代，这就不由让我想起咱中国男女差异最小（敬请参阅安东尼奥尼的纪录片——《中国》），多生出来几千万人的那段时间——千万不要对我说父母那代人只是为了建设美丽新世界增加社会劳动力而努力。

实际上，肉身问题是当代哲学关注的焦点问题之一。如何理解我们的身体、我们的欲望，在工具理想盛行的时代，在真道德或伪道德泛滥总有人喜欢扮演牧师信口雌黄的时候，当面对不断膨胀的权力话语体系每个人萎缩成一连串数字的时候，如何理解我们与生俱来的身体，如何安置我们的欲望就成为一个哲学命题。当然在这里我们会体察到互联网映出的人文思想者的内在悖论，那就是被认为是与人对立、会带来人严重异化的工具理性产物反而带来了马尔库塞所谓的新感性。也就是通过回到我们的身体、我们的感官乃至我们的欲望来对抗虚伪的权力统治。可当这种新感性真的赤裸裸躺在我们面前的时候，中国的人文知识分子们往往没有勇气去正视一眼，虽然法兰克福学派是他们最重要的理论基础之一。

顺着这个思路走下去，如果承认肉身问题本来就是互联网不可能舍弃的一部分，是互联网的内在属性的话，不妨进一步追问：互联网上的这些情色究竟有何意义？它是互联网在更加广阔的空间中获得的怎样的身份？

福柯 1966 年出版的《词与物》（Les Mots et les choses）中发明了一个新词——"异托邦"（heterotopia）。异托邦不同于乌托邦，乌托邦是一种理想主义的虚假想象，在现实中并不存在，而"异托邦"是权力在现实中划定的一块超越之地。在 1967 年发表的一篇题为《另一空间》（Des espaces autres）的演讲中，福柯进一步发展了"异托邦"这个概念，指出包括养老院、精神病院和监狱等均属于异托邦，是"偏差的异托邦"（heterotopias of deviation），都是用以安置那些偏离了社会规范的人群的地方。有研究者总结说："某种程度上说，'异托邦'其实是一面'照妖镜'，镜子里存在一个非真实的空间，像是有一个幽灵在勾勒现实的模样——倚仗真实的镜子打造非真实空间以让我们看见真实的在场。'异托邦'是认识社会的一个异质性介质。异质空间的出现，可作为检视隐性社会现象的契机，它不仅仅能印证主流社会的病征，亦能互补其尚未达成的使命，成为思想和实践的另类场所。"如此看来，互联网乃是我们今天的异托邦。如同它的前身——"旧社会的天空"、"万恶的资本主义"、"国民党女特务"一样，成为主流社会证明自己的想象空间，所以互联网的色情、暴力、虚假（或者叫虚拟）在这个意义上成为它的本质属性，因为它必须具备这些东西才能成为"合格的异托邦"场域。

但是异托邦问题并不是那么简单。异托邦既是一个灰色的、暧昧的性感地带，又具有强大的颠覆能力，虽然这种颠覆只能是拉康（法国精神分析学大师）意义上的对体的颠覆——性乱颠覆伪道德，草根颠覆精英，对话颠覆独语，肉体颠覆精神，盗版颠覆正版，异托邦颠覆乌托邦，未来颠覆历史，边缘颠覆中心。所以，我并不完全认可"异托邦具有多重乌托邦的形式，是开放，是解放，是希望"。恰恰相反，异托邦只能在和主流社会的若即若离中去确保自身的存在。这大概就是为什么福柯等人在西方社会的边缘着手揭示真相如性、疾病、精神错乱、监狱，却无力真正摆脱主流社会的原因吧。

主流社会是如何维系与异托邦的关系的？借用拉康的观点，是通过"对对体的凝视"来实现这一目的的。不断给大众暧昧的灰色空间而又不断给予惩戒的凝视，通过这种凝视使每个社会个体承受着原罪，从而不得不接受被管理、被惩戒的身份，这是主流社会希望与互联网形成的最终稳定关系——很多中国网民不知道，依照官家的规定，观看网络的情色作品亦属违法。我们且看最近的一篇评论，在目前的法律规定下，确实是真的。2004年，四川警方抓捕传唤两位在家中浏览色情图片的居民，警方称查处"在家上黄色网站"依据的是公安部33号令，当时四川省公安厅网监官员称："点击、浏览、查阅色情网站也是违法的。"所谓的公安部33号令，即1997年公安部发布的《计算机信息网络国际联网安全保护管理办法》，其中第五条第六款规定：任何单位和个人不得利用国际联网制作、复制、查阅和传播淫秽信息。

再看看上位法《治安管理处罚法》是怎么规定的。第六十八条规定的是："制作、运输、复制、出售、出租淫秽的书刊、图片、影片、音像制品等淫秽物品或者利用计算机信息网络、电话以及其他通讯工具传播淫秽信息"的行为，也即指传播性、营利性的"复制"，不包括个人性、研究性的浏览、下载。个人性、研究性的浏览、下载是不犯法的。即使传播也只是受到公安部门的治安处罚。从位阶上来说，《计算机信息网络国际联网安全保护管理办法》是部门规章，《治安管理处罚法》是普通法律，部门规章跟法律冲突，自然部门规章是无效的。

互联网很好地充当了异托邦的角色，但麻烦在于，对于主流权力而言，它又是最危险的异托邦。时刻处于对话状态的互联网往往不安于自己的身份定位，一次次用反凝视来凸现现有权力秩序的暧昧与虚伪。互联网的肉身状态是高悬在其上的达摩克利斯之剑，也是主流社会为确认自己而给予互联网的身份定位。但是在另外一个层面上，野性的网络不断超越自己的这一定位，推动整个社会秩序的变化，而且这种推动作用越来越明显，越来越强力——除非有一天真的被人用剪刀把房间里的那根白色网线剪断。

纪念小武十周年：
第六代，互联网与DV机

在我的美学课课堂上，照例会放贾樟柯的《小武》。随着教学年头的增加，一次又一次目睹了学生在影片开始时的喧哗，听到山西方言版《心语》、《霸王别姬》之后的错愕，看到王宏伟瘦削裸体之后的窃笑……一直到影片完结后的沉默。每次我也都会对他们说，这种沉默是贾樟柯电影美学追求获得的最佳效果。随着贾樟柯获奖次数的增加，从《站台》到《世界》，乃至被视为他电影艺术追求新高度的《三峡好人》，贾樟柯的叙述越来越细腻，表现技巧越来越成熟，状态越来越自由，但是我一直没有扭转对《小武》的忠诚，这种忠诚源于它片头"北京电影学院学生作品"那几个字；源于粗糙的色彩极度不饱和的画面和摇摇晃晃的镜头；源于一个电影民工对于艺术沉甸甸的虔诚和执著。

非工业化产物的《小武》就如同冲着风车发飙的堂吉柯德，面对已经成功了、发福了而且变乖了，积极向体制靠拢的第五代，做出了战斗的姿态。贾樟柯的出现意味着第六代精神内核的最终完成，一种全新的审美形态终于出现在我们面前，这种体验如此真实，以至我们居然没有办法正视，好像从未发生、也从未经历过。

这是一种超过我们以往审美经验的全新感受——如果非要为这种电影效果追溯一个前身的话，费穆的《小城之春》勉强可以接上，但是在经历了现代化和社会运动精神洗礼之后，这样的一种灵动和飘逸很容易叫人激动：道心唯微。对人的理解终于摆脱了阶级的、历史的、革命的、民族的乃至人道主义的等等一系列宏大叙事，用平和的眼睛审视我们生存于其中的世界，体察人在困境中种种微妙的心理变化。

第六代导演的许多作品在被体制拒绝了以后转向地下，作为高科技产品的盗版碟，互联网成了第六代电影被大众接受的主要空间。但实事求是地说，网民并没有对第六代们表现出明显的好感乃至推崇。除了小贾，其他的导演们在互联网上远远谈不上呼风唤雨，这可能和被互联网拉平的空间与真正的电影人执著的精英化艺术追求之间存在着本质上的冲突。在另一层面上，一部艺术作品带来整个社会的狂欢，往往并不是这部艺术品有多么成功，更大的可能在于社会有病。所以，互联网对于第六代而言，意味着一个真正的市场状态和艺术接受环节出现。这个市场状态是消除了现有体制和院线门槛，剥离了意识形态障碍和中国人唯利是图的市场经济想象的正常状态。在这个正常状态里，第六代导演的艺术追求有人喝彩、有人不以为然，有真小资和伪文艺青年做五体投地状。艺术的、小众的、美好的、关注的，各种声音并存。这也是观众面对一部电影的正常反应，只是可惜，这种正常的观众群体只是在互联网中存在，还不是中国电影市场当下的真正状态，但是不管怎样，互联网对于第六代的接收和纵容昭示了一种未来，未来正常的电影传播链条的出现。

在互联网开启的空间里，贾樟柯是人气最高的第六代导演，这个现象产生的原因很大程度上要归结到其作品中的生命印记和网民的新都市体验之间的内在契合。从县城出发，走向都市，在传统与现代之间丧失了自己的根，这个世界天翻地覆，但热闹总是在别处。这种体验从《小武》开始，到《站台》，到《世界》，到《三峡好人》：台球桌、录像厅、不敢正视的据说有老大罩着的风骚美艳提前发育的中学女同学,再到更加南方的理想,小贾就这样成了我们的兄弟。也就这样,小贾最后完成了第六代精神价值的凝练,然后,摆脱了与电影前辈们的暧昧关系和温情面纱,同互联网一道向成人化、精英化的第五代作战。质疑他们的经历和苦难以及这种苦难背后的霸权。1998年他写的那篇《业余电影时代即将再次到来》,是第六代精神的纲领性文章,也昭示了DV电影时代的到来和第六代人民美学主张的形成。"其实我说的这个业余性就是一种精神,针对那种僵化的、所谓专业的、制片厂制度里的导演,不学习,不思上进,视野很窄,然后在僵化的运作体制里不停复制垃圾的那些导演。我觉得面对他们,我们是业余的,我们的业余有一种新鲜的血液,有一种新鲜的创造力,有新的对世界的看法,那就是我们的业余。"所以,第六代不必然地和DV机发生关系,但是第六代精神却最终凝结在DV机上面。最值得我们关注的,是扛起DV后的第六代们接受的人民美学原则和记录精神,就像有篇文章曾经指出的:不粉饰太平,不矫揉造作,只如实记录,这就是真正的"记录精神"。复旦大学教授吕新雨这样解释:"什么是记录精神?记录精神是对人的真诚、平等的尊重和倾听,是对生活真相的敏锐、勇敢的探索和质疑。"

DV 固有底层人民的遭遇、感情、立场和态度。拍摄过《北京弹匠》的朱传明说："总有人问我是如何同一个弹棉花的人交上了朋友。其实同他一样，我也来自民间，来自底层，是一种民间的情感与力量使我们血脉相通，是一种民间的血缘使我们无所不谈，不用唯唯诺诺，不用担心说错了话，得罪了谁，不用害怕人事、圈子等让人头痛无聊的东西……片子在日本获奖后，很多人跟我聊起时说，你的选材好，弹棉花的，外国人喜欢看。其实，对我来说，是拍一个弹棉花的人，还是拍一个捡垃圾的人，职业或者说行业并不重要，重要的是一个底层人，一个被侮辱与被损害的小人物的内心，他的在现实面前不堪一击的自尊，他的彷徨与失落，等待与绝望，所有的这些我感同身受。"

加拿大传播学者麦克卢汉在《理解媒介——论人的延伸》中说："任何媒介（即人的任何延伸，或曰任何一种新的技术），都要在我们的事务中引进一种新的尺度。而我们的文明很大程度上归结为媒介技术为我们创造的尺度。"他的观点自然有几分道理，但是忽略了伟大的中国人民无穷无尽的创造性。就媒介变迁而言，印刷术、报纸、广播、电视、互联网构成了一条完整的媒介演进链条，报纸的出现与现代社会产生有着密切的关系，而广播则很容易和现代性中的集权主义倾向扯上关系。李幸先生有篇文章《弱智的中国电视》，谈的是中国电视的智商问题，有个原因他没有说，就是中国电视其实是被当作广播来做的，不弱智才怪。也是在这个意义上，我们会发现所谓的第六代应该是一个过程，是一个从第五代导演就开始的使电影摆脱广播，回归自己的过程。在这一过程里，第五代充当了广播的对体，而第六代则充当了第五代的对体，于是夹在体制和第六代中间的张艺谋们开始变得里外不是人。"第六代"的命名已不仅是用"代"的言说遮盖导演个人风格，而且正被形形色色的意识形态追赶。我们没有办法给第六代寻找到一个统一的风格，如果一定要说，那就这样说：第六代是新中国真正拍电影的一群家伙。因为在一个正常的社会里，搞艺术的做出来的东西如果都一个模样，才是奇怪的事。这种奇怪的事，脸谱化的样板戏做到了，没事扭着身体穿着大红棉袄满口文艺腔眼光不离秦始皇的第五代也做到了——就此而言，第五代喝的啥奶大家都清楚了吧。第六代是中国电影的希望，因为中国电影就是到了今天才知道啥是拍电影的，啥是搞装修的。而这一切，在某种意义上要感谢 DV 机，特别是互联网的存在，因为互联网不仅解放了自己，还解放了一切其他找不着北的媒介。

书房想象

　　几经波折，终于落户大学城，然而，依然没有自己的书房。所以，当小狼兄电话说叫我谈谈自己的书房，第一反应是回绝他。

　　回绝小狼，是因为自己确实没有什么可以拿得出手的，或者更准确地说是供人观瞻的书房。书房依然在想象中：一水儿仿明清书架，大而酷，中间放着一张很大很大老榆木桌子（是不是不太环保？），桌子上书架上散放着各种书籍，有18世纪末美国出版的英文版《判断力批判》——这是我曾经在复旦图书馆借出的，后面的读者记录上有我师辈，以及我师辈的师辈的签名，小子无德，非常想据为己有；桌子上还要有我喜欢的画册：德加，埃贡·席勒，弗洛伊德；还有杂志；还有我喜欢的作者：陈丹青、王小波、王朔、黄永玉……甚至还会有那么几本小心翼翼包裹好的、看不到封面的禁书。在响应号召，大学教师争先恐后成长

为专家的时代，也许只有在这样的书房中，才能让我感觉到什么是读书人，什么是人文知识分子，然而，这样的书房现在对我只能是在梦中拥有。

其实，书房会暴露人的隐私。我有个不太好的习惯，到朋友家里做客，总是要想方设法凑到书架前面晃几晃，看看这厮究竟在看哪些书。书架上的陈设往往暴露一个人真实的心理状态，暴露一个人的思想背景，暴露一个人的心路历程。所以，在书架上扫一眼，就会大概知道这个人读过哪些鸟书，会说、写哪些混话。遥想当年，我想方设法厚着脸皮尾随当时的女友现在孩子他妈到她在水荫路的住处，看到她书架上的基斯洛夫斯基、唐德刚、刘小枫、茅于轼、王怡、几乎所有王二的作品，厚厚的盗版金庸全集，才知道这丫头在美丽的外表下还有一颗飞扬跋扈的心。现在回忆起来，两个人最后能落脚在一条贼船上，和那次对她书房的偷窥有密切的关系。虽然一直贬低她读野书，不系统，但事实上，这一点我很佩服她，比起一干女博士，比起我这个一贯以知识分子面目骗吃骗喝的家伙，她更像个"知识分子"，更有读书人的精气神。

另外，我想象中的书房还要有几个架子放影碟。影像时代，世界文明经历了图式化转向。要读懂中国，读懂我们的文化，靠困居象牙塔的图书，靠一贯工具理性实用理性实用非理性的文学，靠习惯拍装修大片的第五代导演是不能想象的。当中国进入仿像社会，正襟危坐与娱乐至死并存的时候，除了部分文字，大概只有几部摄影机不会说谎了。我想象的书房一定要容得下那些现在静静躺在我床下的影碟。在角落里要有一台好的电脑让我能够安静地看喜欢的电影——对我来说，文字并不必然崇高，影像并不必然弱智。所谓书房，是一个思考的地方。

今年是贾樟柯的《小武》问世十周年，我忘不了将近十年前一个冬天，济南，我在学生宿舍，自己搭建的简陋书房里看这部电影的震撼。贾樟柯接受媒体采访的时候，回忆2002年戛纳电影节放《任逍遥》。放映后的记者会上，电影频道的一位主持人先用英文讲了一通然后翻译成了中文，说："这部电影完全是一个谎言，这是一部撒谎的电影。因为我们中国人根本不是这样生活的，我们很多年轻人可以学电脑，用电脑，我们学英语，我们出国留学，到处都是中国留学生。我们的国门打开了，像我可以来采访戛纳电影节，为什么这个电影要把这样的生活拍出来，它是一个谎言。"现在，我在广州教书，每年都要给学生讲如何读书，放贾樟柯，介绍"边缘"电影导演贾某人的东长西短，每年都旁观着大部分学生的不解、困惑，我知道有这位主持人想法的学生不在少数，在他们的宿舍里，恐怕已经没有书房了，那些卡哇伊少女的心里，怕也没有一块地方放进去些真正的好书，放进去些好看的电影，放进去些思考了。

灾难中，我们认识中国

虽然一次次泪流满面，但实事求是地说，灾难，对我们而言，还是非常的抽象，它对日常生活的颠覆才刚刚开始。我们捐款，我们献血，我们做志愿者，但是否完成这些之后就万事大吉？作为某种意义上的旁观者，是否有可能真正承受痛苦？或者，我们如何维系自己的日常生活与这场灾难之间的微妙关系？灾难迫使我们重估价值，也使这个民族又一次面临选择。后现代哲学家们曾经认为的"景观社会"，大众传媒制造出来的狂欢世界，在这血淋淋的超过我们感情承受力的灾难面前，是否已经分崩离析？

灾难面前的种种媒体，尖锐的依然尖锐，和谐的依然和谐，当人员伤亡造成的伦理共识渐渐远去，我们能否借此求得一个光明的未来？

在距离灾难中心1000公里的地方，生活似乎还在继续，所有关于灾难的一切，都是被告知。法国的后现代思想家鲍德里亚曾经在《卫报》发表文章，称海湾战争是一场由媒体策划的闹剧，他宣布那场战争永远不可能发生，这一观点成为当时最惊世骇俗的言论。即使战争已经发生数月，造成大量的人员死伤，鲍德里亚依然出版了一部文集，名为《海湾战争不曾发生》。他认为，所谓战争，不过是传媒在仿像世界里的又一件作品。

其实，在某种意义上，我们也曾经一直在构建一个仿像社会。这个仿像社会，和鲍德里亚生活于其中的仿像社会不同，是被某个中心主导的仿像社会。在这个中心主导下，我们把部分看成是真实的，部分看成是虚拟的，真实和虚拟之间的关系如此暧昧和复杂，反而印证了鲍德里亚的种种论点。在回顾前几次灾难的时候，我们往往发现没有机会直视灾难本身，而是只能将之视为历史的注脚，灾难本身，面目却一直模糊。在仿像中，我们会为了一根火炬歇斯底里，为了一根木头奋不顾身，却并不尊重人的生命。因为这些物，都被赋予某种神圣的"观念"。在仿像中，我们会以为只要某个伟大人物活着，自己的生活就固若金汤，也会因为某些人背后的民族、国家、主义而采取极端冷漠的态度，因为他们只是"仿像"，只是附着在国家、制度下的仿像。而即使面对我们自己的灾难，我们也会不自觉地将其视为仿像，或者，愿意把灾难视为仿像。所以，对于旁观者，群众的情绪永远是稳定的，他们承受的痛苦永远是抽象的。中国这么大，人这么多，旁观者永远是大多数，永远是人民，永远是推动社会发展的力量。当一种灾难到来的时候，当"中心"承受不住的时候，我们从心里面呐喊出来的声音不是对灾难造成痛苦的真正承受，不是对每个丧失生命的逝者的哀悼叹息，所以在默哀完毕以后，广场上"中国加油"的声音自然就会分外响亮。我清楚这是一种发自内心的声音，痛苦与亢奋是人们在承受苦难之后可能会有的反应，但是，我要问的是，我们从一种心境到另一种心境之间的转换是否"自然而然"得过分轻松？这背后，也许就是自身的某种扭曲和分裂。当然，我们似乎可以把所有的事情都看成好事，毕竟，我们开始尊重生活在这块土地上的同胞，不再只为伟人降半旗，不再审视逝去的生命从属于哪个阶层或者阶级。但这仅仅是第一步，不能止步于此！

灾难过后最惊世骇俗的声音发自一个沈阳的小女孩，据说因为几天的时间没有办法玩网络游戏，在四分多钟的时间里，她对四川灾民进行谩骂攻击，引起网民极大愤慨。我们惊诧她对他人生命的彻底冷漠，对同胞苦难的不以为然而又极端蔑视。

她来自另一个仿像的世界，一个由大众文化工业、互联网游戏、时尚、广告、明星构建起来的世界。她会认为，这个世界才是属于她的世界，才是真实的世界。

群众情绪稳定的世界和这个女孩生活其中的世界就是20世纪90年代以来的中国。正是有了群众情绪稳定的世界，沈阳的女孩才会因为不能打游戏而大感不爽，因为个人心中属于个体的东西被某种忌讳、对某个特殊日子的禁忌屏蔽了。

问题是，在经历过灾难之后，是否还是像鲍德里亚那样继续生活在仿像里？灾难中，各种媒体都在尽自己的责任。

梁文道先生说，公民道德复现于赈灾重建中。我要说，这次是突破20世纪90年代以来的中国仿像社会，重估价值观的时候和机会。这个价值观我们很熟悉，不新鲜，就是人道主义，就是爱自己、爱邻人、爱人类，不因为他的观念，不因为他的国籍，不因为他的祖先，不因为他的信仰。

多难兴邦。在这里我不愿意追问数万人的死亡与今天世界之间究竟有什么关系，这种追问要么太冷漠，要么太哲学、太宗教，我只能说，在灾难中种种光明的迹象还是太微弱，多难并不必然兴邦。经过灾难，如果旧仿像的世界不能被解构，如果一种真正人性的价值观不能建设起来，某种意义上作为旁观者的我们，将始终没有办法体会灾难的痛苦，而光明的迹象也最终只会是迹象。重估价值观，恰恰是媒体人、知识分子身上的责任。

鲁迅淡出，秋郎凸显

考虑到具有中国特色的文理分科制度，在中学人文社科科目中，语文教育肩负了异常重要的使命，也就决定了中学语文课本的每一次变化、每一点变化，都有可能成为新闻，甚至可能成为重大新闻。据《长江日报》消息，梁实秋的《记梁任公先生的一次演讲》、戴望舒的《雨巷》、霍金的《宇宙的未来》、蔡元培的《就任北京大学校长之演说》、巴金的《小狗包弟》、古代诗歌《采薇》、《涉江采芙蓉》等等进入湖北的中学语文教材。与老教材不同，新教材中首次出现了一些过去有争议的名家作品。语文教员认为："过去语文课本中政治色彩较浓的文章也有不少被砍去，教材更具人文色彩。"梁实秋的作品入选高中教材，我们感到很惊喜。过去选作品考虑的政治因素较多，这是梁实秋作品第一次进中学教材。

所谓有争议的作家，当是指梁实秋先生。其实在文学史上，无论大陆还是海外，均认为梁是一位非常重要的作家、文艺理论家和翻译家，这是十多年前就已经基本形成的共识，成为常识。所谓争议，不知道究竟是谁在争议。其实也不难看出，谁的观点更有党同伐异的偏狭，所以，我觉得，争议不应该发生在梁实秋身上。

在大学里教书几年，最叫我头痛的事情之一是与某些同学的沟通问题，我在课堂上讲东，底下听课的人中总会有人理解成西。后来想想，我和这部分学生的沟通其实是两套语言系统之间的对话。

所谓两套语言系统，一套是改革开放之后中国大陆经过学术界不断研究，突破禁区之后自然形成的学术常识系统，一套是咱们中学以语文为首，辅以政治、历史等等文科科目形成的认识、价值评价系统。考虑到大部分中国人离开中学之后，除非自己感兴趣，基本上没有机会接受更系统的人文社会教育，中学里学习的这些文科科目，就决定了绝大部分中国人对于自己国家历史、文学的观念，决定了自己建立在这些观念之上的世界观、人生观以及其他基础的价值评判体系，而这些在中学教材之上建立起来的东西，往往与一个正常的中国人进入社会，耳濡目染获得的生活体验相违背，甚至是严重冲突，冲突之下，往往会有两种表现，一是彻底虚无之后的实用立场，一切均是手段，没有是非之心。梁文道先生那篇刊于《明报》的雄文中提到那位来自中国大陆的香港中文大学念历史的尖子，对于二十年前旧事彻底没心没肺，就是一例；再或者就是严重人格分裂，一面承受着城管暂住证高房价低福利，一面高呼中国可以说不坚决抵制家乐福。中国当代社会价值观念的混乱，教育以及决定教育特别是中学教育走向的责任者要负责任，教书而不能育人，这是中国教育，无论是中学还是大学的失败。

在我看来，鲁迅淡出，秋郎凸显仅仅是中学语文教育乃至文科教育回归学术常识，回归历史真实的第一步，但仅有这一步远远不够。即使不断有新的文本入选，中学语文教育是否能取得理想的效果依然存疑。鲁迅先生的文章极好，战斗性强，却不为学生所喜，我们常常推诿说时代的差异导致学生理解困难，不过，在我们这个时代真就无法理解鲁迅？我倒不觉得，事实上，鲁迅不受欢迎，是和阐释空间受限、狭隘、追求标准化理解脱不开关系的，并非鲁迅文章的罪过。写这篇文章，特地重温了被删掉的那篇《为了忘却的纪念》，一句话跳到我眼睛里：中国失掉了很好的青年。我呆住，浮想联翩。我也曾经看到过范美忠先生给学生讲《孔乙己》的文字实录，大为佩服，非常想把自己的儿子送到他服务的那所学校，一来校舍建筑质量好，二来有如此讲鲁迅、启发学生的老师。文本变化，阐释空间的扩充，才是中国语文教育实现教书育人理念的重要法门，这样看来，道路依然漫长。

匮乏的记忆

这是无数个关于中国票证经济的叙事版本之一："1950年，新中国面对战乱之后几近崩溃的经济，开始酝酿粮食的计划供应，以满足全国人民的温饱。1955年，全国第一套粮票正式流通，拉开了中国长达38年之久的'票证经济'的帷幕。一直到1993年，粮票、布票等票证才正式离开中国历史舞台。"

事实上，不少人对于票证的记忆很灰色却很美好。因为匮乏，吃到一根奶油冰棍就可以幸福上几天，看一场电影，会一遍遍回味其中人物的一颦一笑，会为其中妖艳的女特务性奋不已。而今天，究竟有几餐饭值得回味？传媒人龚晓跃说过一句很牛的话，叫"找对的人，吃对的饭"。这个口号对于当下的中国人来说，实在很难做到。以前听人民大学周孝正先生讲他们正在进行的幸福指数研究，我心里面就一直在怀疑，如果真用这个标准来理解人类社会，是不是与我们接壤的东边那个国家排名世界第一？因为他们嘴里反复念叨着，全世界人民都在羡慕我们⋯⋯

羡慕我们的话中国人不会陌生，多少年前我们也用自己的嘴唇反复吟咏过，所以今天听到，会有说不出的复杂情感，亲切、含泪、侥幸、厌恶⋯⋯这其实是我们对待自己过去成长的一种复杂体验。

改变是从摆脱票证开始的。1978年广东省芳村最先放开河鲜、蔬菜、塘鱼价格，以农产品价格作为改革传统价格体制的突破口，率先在全国有计划地放开价格。1985年以后，广东放开鱼、肉、菜等重要副食品价格的同时，放开了大量工业消费品价格，在全国引起了强烈震动。到1987年，广东省除粮、油等六个品种外，其他农副产品价格已全部放开。1992年，广东在全国率先放开粮食购销和价格，取消粮簿粮票，这是广东为中国改革开放作出的最重要贡献之一。

虽然已经失去票证几十年，事实上，今天在广州，那些票证并不难看到，它们被小心翼翼地包装好，收集成册，成为收藏，据说会随着时间继续流逝而身价倍增。这些收藏中，究竟有多少是真，多少是假，已经很难确认，因为实事求是地说，这些票证的艺术审美价值实在算不上高，又没有什么防伪措施，今天纸币造假尚且难以分辨，何况这些粗劣的票据？不过，这些收藏背后涌动的国人情绪更值得关注：怀旧以及对财富的追求与狂热。

只是，我们摆脱了这些票证，让它们成为今天的一种装饰，我们就真的摆脱匮乏了吗？

国人关于匮乏体验其实一直延续到今天：贪吃，贪婪，奢华……这块土地上的人民迅速从需要粮票的人民成为了穿普拉达的人民，人们疯狂追求着属于自己的一块土地和土地上面的建筑——虽然只有仅仅七十年的使用权。仔细想想就不难发现，这些，其实都是关于那个短缺时代的阴影在今天的投射。

还有，票证并不仅仅意味着匮乏，它还象征着一种无所不能的公权力对每个社会个体成员的管理、控制，这些成员被置换成一组数字，票证意味着公权力对于该个体欲望的许可，许可吃、许可穿、许可生育、许可有限度地在属于你的国土上自由地行走。在关于票证的记忆故事中，我看到的最有意思的故事之一是一对新婚夫妇蜜月旅行，由于最后全国粮票不够，不得已在某一省份买了数量惊人的馒头，坚持到回家。有限的全国粮票，将人员流动性降到最低限度。

告别票证，物质的富足意味着我们告别饥饿，但绝不意味着我们彻底告别匮乏。事实上，我们依然匮乏，因为除了基本的生存，我们还有更为丰富的人性，身体、精神、信仰、道德等等。未来，希望我们能够逐渐告别这些层面的匮乏。这个正在发生的改变与富足，也许要比已经走过的道路更为艰难，但是我们依然期待，能走向一个明亮的未来。

那所消失的大学

今天中大校园里，依然有一个名曰"岭南学院"的机构，维系着这一小块土地和建筑，以及一个曾经辉煌一时的知名学府——岭南大学，虽然这种联系很叫人生疑。这个带有岭南二字的商学院被《福布斯》中文版评选为"中国最具价值商学院"之一，彰显的是中国高校进入 20 世纪 90 年代末之后的另一种飞跃——整个社会对于财富的渴望终于爆发，在所谓象牙塔中顽强地挣脱出来，成为高校最炫目的一部分，无论是南方还是北方，这些与财富搭上关系的专业、学院，总是神采奕奕，容光焕发。

在被刻意凸显出的"岭南"两个字背后，实际上是一种精明的策略：制造出与西方、民国后裔以及海外财团的某种暧昧的承继关系，最大限度拉近中国高校与这两者以及这两者背后的资源、财富的距离，在中西合璧，历史传承的假象中实现了市场经济意义上的全球一体化。

中国高等教育，在六十年时间中经历了数次大的变动，一是被政治化，一是在政治化持续不退的情况下再加上财富狂热，变动下来，文脉已绝。梅贻琦先生那句广为流传的名言："大学者，非大楼之谓也，乃大师之谓也"已经被悄悄修改，针对中国缺少大师的现实，有一个调子嘹亮异常：大学既需要大师，也需要大楼，甚至更进一步，既然没有大师，不妨先建大楼。遂有一轮轮的高校基建狂潮，且不论其中贪污腐败如何触目惊心，即使一切清白，各地大学扩张背后的土地升值，经济发展，获得财富的逻辑链条倒是成为近年中国 GDP 增长的完美诠释。

没有大师就制造大师，这其中也是差别甚大，有人学术成就甚高，被捧到高位，欲辞而不得，最终成为盛世人瑞；有人喜做高深悲悯状，含泪劝告，博得大师头衔洋洋自得，却没有多少人真正认可；更多的是要么造假，要么埋首深掘，境界窄小，困顿中苟生。

如岭南大学一样消失的还有很多曾经显赫一时的名字：齐鲁，圣约翰，华西，协和，沪江，震旦，金陵。

1948 年，陈序经先生离开国立南开大学，来到私立岭南大学，广东高等教育自此翻开了自己异常灿烂夺目的一页。无论是对于国立还是私立，还是对于胡适先生举全国之力办五所世界级大学的言论，陈先生都有自己的理解：
"专仰政府的鼻息，以讲求学术独立，从学术的立场来看，
是一件致命的事情。"而对于岭南大学，陈序经先生说道：
"虽然是一个基督教大学，然而它对学术的发展上，并没有
宗派之分，而却很注重于自由讨论的精神。"这些话，透露
的是大学理念的根本。

　　1949年1月19日，陈寅恪乘船到达广州，次日，岭南
大学学报就以"为国家教育人才文院添聘教授多位"为题
报道了陈寅恪来到岭南大学任教的消息，轰动一时。除了
陈寅恪先生，陈序经还请到了容庚、梁方仲、吴大业、张
纯明、李祁等到文学院；测绘学家陈永龄，曾任西南联大
土木工程系主任的陶葆楷、桂铭敬到理工学院；病理学专
家秦光煜、放射学专家谢志光、眼科专家陈耀真、毛文书
夫妇到医学院。这批教授都是国内各学科一流的专家，阵
容之强大令人瞩目。另一方面，陈序经还请到从国外留学
回国的学者教育学家汪德亮、经济学家王正宪和其夫人数
学家潘孝瑞、法学博士端木正、电子学家林为干、政治学
家钟一均、生物学家廖祥华等人。他们的到来使岭南大学
一跃成为国内一流大学。在我看来，这是六十年来广东高
校最辉煌的一页，但这一辉煌，仅仅持续到1952年。

今天，岭南大学的校园被中山大学占据，而中大同样美丽的校园成为华南理工大学与华南农业大学的校址，最有意思的是中大的老校门，被放置到一个不起眼的角落，奠基石上"国立中山大学校长邹鲁书石"几个文字还在，额刻的"国立中山大学"，门内刻的"格致诚正修齐治平"均被抹去，置换成我们非常熟悉的口号："为人民服务"。

今天看大学变化，最要紧之处在于大学精神的复归。在当下即使有机会正本清源，怕也需要几十年来恢复元气。

改变命运的高考

2009 年高考出来几件大事，一是群体意义上的——部分地区参加高考的人数下降，二是重庆高考状元少数民族身份造假，还有松原地区大规模作弊。几件事情惹得媒体、民众议论纷纷，其中不乏干脆取消高考，用其他考试形式取而代之的声音。

这年是恢复高考的第三十二个年头。此项特殊的考试，经过三十年的艰难旅程，已经越来越步履蹒跚，对比曾经带给社会的震撼，高考对当下中国社会的影响依然巨大，但已不可同日而语。

值得关注的是，那些三十几年前或年轻或年长的、从天南地北走入考场从而改变命运的那一代人，现在已经成为社会的最中坚，其中有些人甚至已经开始步入退休年龄，而他们的孩子们，依然在通过这项考试，涂画着自己的人生轨迹。

所以，在 2009 年 4 月悄然上映的一部讲述高考的电影，虽然被打上了不讨喜的主旋律印记，却依然感动了两代人。因为不管是怎样的意识形态，不管是怎样的创作初衷，人的命运与体制之间的纠结，在一个没有自我的时代里努力掌握自己的命运，实现自我价值，总是令人激动的。特别是孙海英扮演的场部书记老迟，那个把印章拴在自己裤腰带上的农民干部，这一角色，有意无意地展示了中国社会一些真实的游戏规则：底层民众的伦理操守和良善，在大潮流和大权力面前狡黠的、与人为善的智慧。可以说，是老迟的呵护，让这群知青获得了改变命运的机会，这一点，老迟如同他们的父亲。

看完电影我禁不住去遐想这群参加高考的青年们以后的命运：他们上大学，成为那个时代的天之骄子，受到重用，从政，经商，下海，经历文艺的热潮和社会风波，结婚，生子，离婚，怀旧，神话，被神话……至于电影中王学兵扮演的那个最终放弃考试的潘志友，不少人叹息他放弃了改变命运的机会，但我忍不住揣测：他其实走了一条更加顺利和稳妥的道路，公社副书记，副县长，市委书记……一路飙升向上，走到权力中心。这一条道路，已经被人实践过。

有趣的是，当下，更迫切需要改变命运的，反而不是已经走进权力之门的潘志友们。其实，高考，无论是曾经的神圣，还是今天饱受争议或者将来渐渐清冷，其核心的价值都没有变化，那就是"改变"，对每个穿越高考之门的个体命运的改变。朝为田舍郎，暮登天子堂。在每个人都被迫成为螺丝钉的时代，"改变"的魔力显得尤为珍贵。

问题是，今天的高考，还能不能改变人的命运？

实际上，高考人数缩减的现实，以及重庆状元民族身份造假的事件，都在显示着同一件事：寻常百姓，高考改变自己命运的空间已经被大大压缩了。

中国人，无论市民还是农民，从来不笨，他们往往能从诸多现行制度中寻找出最符合自己利益的选择，所以，当高考人数出现缩减，当中职教育连年火爆，我更倾向于认为这并非人口政策的结果，而是群体、尤其是底层群体作出的最务实最符合自身利益的选择，制造这一选择的原因，不外乎是高昂的学费、毕业即失业的现实。

上述两点原因，对重庆状元来说，显然不是问题，我们可以注意到他的家庭出身，父亲是所在县招生办公室主任，母亲是当地组织部副部长，在一个小县城，这样的家世，可谓显赫。即使其父母都是清正廉洁的公务员，按照当今社会的财富分配方式，也足以让他不用为高昂的学费而忧心，至于毕业后的就业，恐怕也比一般百姓子弟更有资源优势。

中国文化中常有纨绔子弟的说法，这一说法的对立面却是耕读世家，在我看来实际上是一回事，差异在于同属子弟梯队的选择不同。重庆状元事件的可怕之处在于，它揭示出某个特殊阶层在本身已经拥有优越教育条件的背景下，通过权力，造成了事实上优质教育资源的一种垄断，而优质教育资源的垄断，对于一个生活在基尼系数不断攀升、贫富差距日渐拉大的中国的百姓子弟们，究竟意味着什么，也就不言而喻了。

高考既然已经无力改变普通人的命运，光环自然随之褪色。

遗忘常识

2009 年 7 月 17 日，甘肃肃南县在文物普查中发现了大面积的"大跃进"时期土法炼钢炉群。据该县文物局工作人员初步考证，该土法炼钢炉群可能是目前全国面积最大、数量最多、保存最完整的。据悉，目前该炼钢炉遗址已被肃南县人民政府列为县级文物保护单位，并被列入第七批国保单位申报推荐名单。

看照片，山坡上几处像碉堡一样的建筑一字形排列，张着空洞黑暗的大口，在黄土地上，凝固成永恒的雕塑，无论现代的还是后现代的美学，都掩饰不住背后的丑陋。不知到时间足够久远之后，这些成为"文物"的当年狂热，能否被我们后人所理解。

且不用说我们的后人，就是我们自己，甚至那些亲身经历过的人们，冷静下来想想，也觉得荒谬。问题在于，这样一件荒谬的事情，为什么会发生，甚至从此引申出一幕幕更为荒谬的民族悲剧和文化浩劫？是什么叫一个民族丧失了理智？

1957年10月27日，《人民日报》发表社论《建设社会主义农村的伟大纲领》，被认为是"大跃进"运动发动的标志，而在1958年8月北戴河中共中央政治局扩大会议之后，全国掀起了以大炼钢铁为中心的"大跃进"运动高潮。

历史的叙述，特别是最近这几十年的叙述，既繁杂又简单，繁杂的是浓墨重彩，花大力气去描摹，简单是历史叙事，细节尤其缺乏。所以，今天我们回顾那段历史，不妨把心思放在每一个微小的步骤上面，去审视这一条荒唐的路径，究竟是怎么一步步走成的。

回到历史细节，我们不难发现，每一步走来，总是那么纠结，每一步走来，总有一些人想尽办法想踩下刹车，想尽办法，将这列越来越疯狂的列车逼停，可惜，一切努力最终徒劳，但我们今天不妨记住这些人的名字，刘少奇，邓子恢，周恩来，陈云……不管此后他们命运如何，那个时期，他们是称职的领导人。

针对那段历史，专家们进行了种种总结，按照他们的说法，促成这一事件的，是一系列复杂的因素。首先，在当时东西方冷战的背景下，中国共产党人有一种紧迫感，

中国的经济建设就不能按部就班以一般的速度前进，就必须有一个打破常规的经济建设的"大跃进"。另一方面，中苏两党关系的非正常发展，又刺激了运动的进一步发展，"超英赶美"的"大跃进"也隐含着"超苏"的动机。其次，在主观因素方面。有学者认为，第一，长期落后挨打的历史与遭受包围封锁的现实，使党的领导人急于改变中国贫穷落后的面貌。第二，过分夸大了人的主观能动作用和社会主义制度对生产力发展的促进作用。第三，在缺乏经验的情况下，不切实际地套用了革命战争年代的成功经验。新中国成立后"一边倒"的政治政策，也使中国的政治、经济制度出现许多弊端，有学者指出，权力过分集中，领导体制缺乏必要的可靠的监督机制。当时这种政治体制的弊端，导致党内民主作风遭到破坏和个人专断作风的形成。也有学者从社会心理、领导人的复杂个性等方面进行了分析。总之，"大跃进"的发动是一种合力的结果，更是一个复杂的历史事件。

问题在于，这些反思，这些深刻见解，恐怕都有意无意忽略了一个更为根本的问题，那就是，中国的命运究竟该由谁主宰？中国的发展该走什么道路究竟由谁来决定？

那个时代是我们遗忘常识的开始。

什么是常识？常识何以能够存在？这些问题，都足以叫我们沉思很长的时间。但起码，经历过那个时代以后，我们可以确定一点，常识的获得与每个人自由表达，与充分讨论乃至争论之后的共识以及每个人自由决定命运的权利相关。没有这些，我们依然还是远离常识的时代。

消失的味道——
关于唐逸先生的《幽谷的风》

　　说来惭愧，吸引我读完唐逸先生这套作品的最直接动因是老先生开头几篇文章，《始诸饮食》、《食之美》、《点心在北京》，全是谈吃食的文字。恐怕不少人会和我一样，喜欢看别人写吃东西。无论是早一些的唐鲁孙、梁实秋或者是晚些的逯耀东，还是最近的蔡澜、沈宏非、古清生，且不论好坏，总是能津津有味随时拿起来看上一篇。

　　看多了，慢慢会发现一些规律，比如范用先生编的那本《文人饮食谈》，收录了一干老人家谈吃的文章。而这些文字与现在的专栏文章最大的不同在于总是怀旧，总是认为中国社会的味蕾并没有随着时代进步而获得相应发展。字里行间顽强地缅怀着似乎已经永远消失的滋味。这一特点在唐逸先生的文字中也同样有所体现，相对于蔡澜等专栏作家，这样的调子未免有些太不热爱生活了，也未免有些太怀旧了，相对于写过《中国可以说不》，现在行走中国乡村打野食写畅销书的古清生先生，这样的文章未免有些保守，有些空落，有些不知所云。

所谓不知所云，是因为唐逸先生写的本来就是失去的味道，那些老饭庄、二荤铺，那些当年生活在这个背景下的舞台人物，连同他们言谈举止间的范儿，早已随风而逝，似乎无迹可寻，让后来者只能想象。其实，这种文字怀的那份旧，恐怕不仅仅是一份味觉的记忆，而是整个中国文化在 20 世纪经历的一份乡愁。这份乡愁，海峡两岸，不分彼此都曾经或正在品尝着，如果说海峡那边的梁实秋是对于实体意义上的故乡思之不得，只能把酒临风、惆怅不已的话；海峡这边的唐逸，饮食文字中却更有一番精神故园落花流水春去也的无奈与创痛。相比较而言，这种无奈与创痛因为是亲眼目睹亲身经历，甚至是亲手拆除，所以反倒比对岸的眼不见心不烦，遥望神州天上人间的怀念更加受煎熬一些，所思所想所虑，比起海外若干哲人智者，也更为准确靠谱一些——这正是我对于海外新儒家略感遗憾的地方。从追忆饮食味道到文化重建，这两个看似不相关的问题在唐先生这本书里顺理成章地联系到一起。

　　唐逸先生精通数种语言，研究领域涉及语言学、哲学、神学、宗教学、社会学、法学等多个学科，自成一番大境界。尤为难得的是，作为老先生，心态却非常年轻。《幽谷的风》一套三册，谈中国人的语言、价值观、宗教观念、国学、哲学、社会制度，无论是岩井俊二的电影还是开博关博，乃至中国文化思想在当下的种种热点，比如国学热、比如读经、比如普世价值、比如后现代主义、比如环保、比如垄断企业畸形的高收入高福利，唐逸先生都有话要说，而且还不是泛泛而论，而是从一位有深厚东西方学养的中国知识分子的文化视角详加剖析，娓娓道来。这种种话题背后，表达的却是唐逸先生对于文化中国这一故园的思念之情，是一介中国知识分子对于生于斯长于斯的土地，对于这块土地上生活的芸芸众生的一份责任和执着——即使在不少人看来，这份执着难免迂阔而不合时宜。

　　且不论唐先生的分析、见解是否完美无瑕，但就这份娓娓道来的讲述姿态中透露出的从容淡定儒雅，就叫我们这些在当代中国教育生产线中摸爬滚打厮混过的后辈小子只有羡慕的份。在这本书第一册中有一篇关于后现代的对话。作者署名"沉睡"，是先锋音乐家和媒体人士，说了她眼中的唐逸先生：

"第一次见到唐逸先生，是在北京大学南门的'风入松书店'一个关于他新近刚出的一本书《荣木谭》的读者座谈会上。谈话中，虽然唐逸先生的语流一直是均匀而剔透的，但却又是极其微弱而滞缓的，致使连面对面的听者都始终无法把捉其音节内容，只能根据其表情、神态和口形去进行各自的猜测……可能是因为一辈子所接受的西方哲学严格训练的缘故，以致于连他整个面部的线条和结构也都非常地富于西方雕塑感了。经过思考之严霜所浸染的颇富流泻感的满头华发，与横跨在肯定的鼻梁上的冷峻镜片构架的浑然搭配，更将一个学者的容态勾勒得极富感染力而跃然于视界的醒赫前沿。当然，更令人瞩目的是，镜片背后的那双既富于透视感又富于包容性的深邃的眼睛，因其视点一再虚无地游弋于喧嚣起伏的海天远方而尤为令人难忘。"

　　沉睡的话有些艺术家的夸张和感性，不过，我在网上见过唐先生的相片，无论形容还是风度，确实不类今朝人物。且不论思想，从我熟悉的影像审美的角度，在大陆，要找到一双黑白分明、透着真诚的眼睛并不是一件简单的事，更何况这双眼睛还要锐利深邃，更是想都不要想。我们的眼睛中多的是狡黠市侩，要不就是混沌一片，被生活

告别革命，告别爱情

049

压垮的沉重，最起码也得有些生存的厚黑智慧，而唐先生此类有这样一双眼睛的人物，不但日渐稀少，且随着时间流逝，更有绝迹之虞。

虽然涉猎甚广，唐先生的文字依然可以集中到一点——中国文化。按照唐先生的理解，所谓文化与制度的功能不同之处在于其功能是安身立命："一种文化体系的生活方式、语言习惯、风俗信仰在一代代人的繁衍中传习下来，人们生于斯长于斯，安于祖祖辈辈习以为常的生活方式，便是民族的精神家园。语言的形式，交流的方式，生活的趣味，美学的偏嗜，饮食的好恶，居室的习性，园林的格局，景观的构造，以至与自然接触和对话的式样，凡此皆已深深植入人们的记忆和潜意识。自以为忘记或丢弃，却不知在什么时候涌上心头，成为情感的冲动。"

当下中国社会症结之一，即是对这一文化中国的漠视和遗忘。唐先生的所为，就是不断唤起我们对于美好中国文化的记忆，并在这一追忆过程中，让我们的心灵一点点通过他的自言自语舒缓开，让动不动就打算说不，有事没事就琢磨着自己高不高兴的国人真正自由地思考，让我们的语言能够直抒胸臆。"过河虽做卒，拼命却已迟"。习惯五四时代那种宽容作风的唐逸先生，用喃喃自语的姿势，为一个美好的中国，一个有话好好说（他所倡导的新汉语运动），有理可以讲（普世价值与中国文化复兴）的中国播种，从这点看来，唐先生的这些"非学术文字"，既是美文，又是有价值、真正经得起历史检验的学术作品。

坦率地说，读唐逸先生的文字，我常常被一个问题困惑：会是谁在看唐先生这些文字呢？唐先生对于自由，中国文化复兴，对于中国文化心理与全球化，均作了学理上的剖析与批判，几个最核心的观念，又常常因为他的语言学家身份，更是从词源角度，用注经办法，层层剥去有意无意放置在上面的各种垃圾思想和迷信谎言以及糊涂认识。

他的这些工作，虽然难以被"量化"为可以上报的"学术成果"——老先生自述，自上世纪80年代以来，除了两本学术专著和一部长篇以外，写了不少长短不一，不拘一格的文章，却未尝写下高头讲章式的论文，这种姿态令我辈汗颜。可实际上，他关注的，或者更准确地说致力研究的，正是我们当代人文知识分子最应该研究的核心问题之一：如何利用西方理论资源和普世价值观念，结合中国文化传统资源与现代化以来积累的种种经验与教训，建设中国当代真正的文化价值体系，结束中国当下的道德失范危机。只是，这个真问题，往往在众声喧哗的嘈杂中显得异常微弱，佳音难觅，衷肠更与谁述？在当下的中国学界，能找到真问题，已属不易，而能找到真问题并执着求解，更是令我等后辈敬仰。

唐逸先生的思考领域宽广，思绪跃动，文字深邃而不乏清新，能使读者随着他的文字与思绪御风而行，倒是很符合这套书"幽谷的风"之名。在这三册书中，只要用心去读，我们就会发现无论是对后现代主义思潮，特别是中国食洋不化，食洋故意不化的中国后学主义者，还是对于民间与官家有意无意合谋而勃兴文化保守主义、民族主义的狂热，以及网络民粹思潮乃至唐先生自己的精神故园五四运动中对待宗教的武断偏执，唐先生的态度都是坐下来慢慢与你讲道理。他所不无微词的，真正要批判的，是一切狂热背后的偏执与荒诞。

我们面临的是双加料的困惑。譬如一个未成年人，既没有经验，又没有心理准备，却面临成年人的生死攸关的危机，这是危险处境。我们的社会还没有整体实现理性化、法治化。社会意识还负载着沉重的历史包袱，受古老的政治文化和伦理观念的制约，加上半个世纪的经济停滞、意识形态负担，很多都是扭曲的。在这种条件下开放一些市场，难免发生利用权力进行原始积累式的掠夺和急剧两极分化，在混乱不安中发展了经济，社会和自然资源却遭到巨大破坏，而社会意识通过对"清官"的回归而更加忽略对权力法治化、程序化的需求。这就形成了巨大的阻碍历史进程的平衡力。在这种条件下，如何看待现代性和后现代这一对既相连续继承又相排斥反对的历史范畴，就非常困惑了。

中国对现代化的需求，与其说出于历史进程的内在需要，不如说是出于百年来屡受挫败而生的一种情结。这本身就会造成需求的不均衡和缺乏明智的远见。富国强兵，崇拜武力；也有一些人羡慕现成的民主制度，而不是崇拜自由和理性这些根本价值，这始终是中国现代化的一种情结。正当我们亟须理性的时候，突然兴起反理性的后现代思潮，就很容易和传统中"情重于理"和虚无主义破坏性结合起来。只是我有一个担心，唐先生要讲道理，但当下，究竟有多少人愿意讲讲道理，就需要思量思量了。沉睡眼中唐逸先生那喃喃自语的神情，恐怕也正是他在中国当下文化语境中的肖像吧。

不过，在我看来，唐先生的思考也存在一些缺憾。其中最令人遗憾的，是他没有对互联网以及这种新媒体给中国社会带来的冲击与转变给予足够的重视。当然，也许这个要求对于一位长者有些严苛。但是，如果将互联网仅仅视为现代社会异化的符号生存方式，是现代化的"恩赐"，造成人的异化和汉语的失序，无视这一现代性媒介在中国社会现实语境中的奇妙转化和作用，无视互联网为汉语开启的言说空间，就多多少少有些无视中国社会现实，并且有些精英的傲慢了。这一点，事实上也和唐逸先生自己一贯的价值立场相违背。

这一代的双重面孔

　　《我的团长我的团》（以下简称《团长》）和《父亲的战场》都是一口气看完的，过瘾。没有想到，在某些评论家眼中，《父亲的战场》却成为证明《团长》荒唐的明证：在《父亲的战场》新书推介与座谈会上，文艺评论家解玺璋先生发言说道："前一段时间引起争议的热播电视剧《我的团长我的团》有很多很荒唐的地方，看了《父亲的战场》这本书就知道，远征军在滇西、缅甸是一种什么样的状态，是怎么打仗的，他们是什么样的人。拍远征军的电视剧，用一种所谓的后现代的、反讽的东西来表现，实在让人很难接受。这本书是以正视听的东西。"

　　查解先生的影视评论，有那么几篇是关于《团长》的，其立场倒是一直坚定，把这部影视作品当作一部不知所云的烂剧，指责这部戏背离了历史的真实，也没有达到应有的"艺术的真实"。针对《团长》的美学观念，解玺璋先生

更是说："面对一段被刻意遗忘的历史，最基本历史真相的建构尚未开始、完成，我们'解构'什么？"

实际上，对于《团长》反讽、解构的指责，从央视那位美丽主播开始，到曾经身为远征军一员的周传基先生，再到文艺评论家解玺璋，声音似乎没有消停过。这些指责，其实存在着种种立场观念和价值尺度的差异。比如，央视主播那里，她是要寻找励志的心灵鸡汤。有过远征军经历的周传基老先生，则难以将这么一群衣衫褴褛，满嘴污言秽语的军人同自己当年十万学生十万军的青春岁月烽火连城联系起来，而对于解玺璋先生而言，更为重要的问题恐怕在于，我们今天的人们能不能嬉皮笑脸地看待那段历史。

就不谈那位美丽主播的小小心愿了，不看《团长》，她可以去读于丹，而对于周先生和解玺璋先生的言论，倒是有再深究一下的必要。

首先，周先生与解玺璋先生可能没有意识到，《团长》的悖论在于，如果不嬉皮笑脸，我们恐怕根本就没有办法看到那段历史。很难想象一部以我们所熟悉的主旋律模式制作的以反映国民党军队抗日惨烈如野人山、密支那、松山等等诸战役为内容的电视剧会顺利出现在大陆的电视屏幕上并真正成为一个持久的话题。

事实上，即使是所谓"嬉皮笑脸"的《团长》，现在已经被勒令不得重播不再讨论了。这种现实中，如何苛求一部彻底颠覆教科书史观的电视剧能够大义凛然出现在人们面前？

当然，《团长》的嬉皮实际上并非仅仅是一种伪装，理解《团长》的嬉皮，答案反而是在《父亲的战场》这本书里。我认为，与对华夏男人阳刚之气招魂具有同样价值的，是对于留在中国大陆远征军战士命运的描摹。需要提醒的是，这本书涉及的历史跨度，是从抗战到今天，如果仅仅认为是还原史实，则未免低估了这本书的真正价值：它既描述了一个"男人的战场"，"我们过去熟悉的抗战，竟然隐藏着那么多不为人知的故事。原来我们并不十分了解抗战，尤其不了解抗战的气质。"同时又描述了曾经在这个战场上张扬的中华男儿，是怎样一步步老去，困顿，铸剑为犁，曾经的骑士与我们一样被"日常生活"压垮。金戈铁马，烽烟滚滚终成一段难以启齿的往事，剩下的，仅仅是我们残缺的记忆。我们的父亲已经无法像一个男人那样去战斗了，并不仅仅因为他们老去。

所以，我的朋友潘采夫有个判断："这本书如果在《我的团长我的团》播出时候出版，有这本书和电视剧互相比照，观众对《团长》就不会有那么多骂声，对绝境之下的个人与家国能体会得更深刻。"这是对于《团长》和《父亲的战场》关系的准确理解。我更进一步以为，这里所提到的"真实"，实际上并非仅仅是彼时的"真实"，而是从那个时代开始一直延续到今天的"真实"。虽然父亲的故事不是我们的故事，但是父亲，即使他们沉默，一直生活在我们身边：这些曾经的英雄，晚境多半凄凉，八十多岁的老兵们，有的寄居在亲戚家里，有的在山上开着世界上最小的杂货店，甚至窘迫到要向人伸手乞讨棺材钱。"这些老兵是被新中国抛弃的一群人，他们从来享受不到战争英雄的待遇，他们住在农村享受不到退休金，又在'文革'中遭受'历史不清楚'的拷问，有的甚至为此坐牢二十几年。他们九死一生打败了入侵者，却在另一端历史之下成为贱民，在我们相当长一段历史中像尘埃一样，被一言不发地掸去。"

很明确地说，解玺璋先生他们并没有搞清楚，嬉皮笑脸的《团长》，解构的究竟是什么，这场嬉皮的笑脸对准的究竟是什么。他们也没有看出，这个嬉皮的笑脸，对准的正是让一个个阳刚的中华男儿渐渐老去，猥琐，平凡，让那个时候几乎无论男女清瘦的脸庞流露出的一种自信气质逐渐混沌消失的力量，因为这种力量，中国人的脸庞上消失了英武，却多了沉重，复杂，狡黠。解玺璋先生也没有意识到，生活在今天的中国人，如何通过这张嬉皮的笑脸曲折地发出自己的声音；没有意识到，今天对历史的理解，其实是分成多个层面的；没有意识到我们对于某一段历史的理解，更多是一种给予当代的复杂寻找。

许知远最近写了一篇重要的文章，名字叫做《我们这一代》。其实，回过头来反思一下，像我这个年龄的人，其实多多少少都有两副面孔，一层是庄严的，一层是嬉皮的，一层是约翰·克利斯朵夫的，一层是王朔的。我们这一代人当中，会出现揭露黑暗的新闻记者、富有正义感的律师、有社会良知的商人、愿意推动变革的官员、值得尊敬的非政府组织……他们恪守类似的准则，对未来有着相似的憧憬，他们用积极的思考与行动，来取代消极的嘲讽，用具体而细微的行动取代了空洞的呐喊，富有激情却足够冷静。但同时，他们会有一副嬉皮的笑脸，这个笑脸也意味着我们比起父辈们，可能懦弱，可能肤浅，但是，却多了些坚韧。

原来香港"被消失"

　　怀揣着认真学习过几年的那些全球化与后现代理论，我信心满满从广州奔向香港，参加《文化现场》杂志主办的"消失中的香港，再战江湖"研讨会，以为自己不过是从一个叫广州的"城市"走向另一个叫做香港的"城市"。结果，迷路了。

　　原定12点与《文化现场》出版人区惠莲会面并共进午餐，我和《明镜周刊》主编李蝴蝶像没头苍蝇一样在香港地铁里、湾仔街道里乱转，虽然被会议组织者称为"广州媒体人"，我们两个却连广东话都不会说，还有，我在中国内地的大学里学了十几年英语，考过了四级、六级、硕士、博士，但是，我依然不会"说"英语，这些，都让问路变得异常艰难。最后，当我们找到酒店，区惠莲已经等了一个多钟头。原来，香港，与中国内地津津乐道的那些国际大都会——北京、上海、广州、深圳是多么不一样。我也开始明白，国内学者们佯装眉头紧蹙，却忍不住心中暗喜的中国被全球化以及这一进程所带来的城市面目单一，地域文化消失等等判断是多么地不靠谱。否则，何以同样被我们认为是全球化杰作的上海与香港，面目差异如此明显？盛世中的世界金融中心航运中心等蓝图下，中国距离世界，究竟还有多遥远？

区惠莲在为这次会议撰写的前言中说，这次研讨会是《C of Culture》与广州媒体交流的结果。这里提到的"交流"，应该是指她们前段时间到广州来，与李蝴蝶以及一干传媒人物的聚会。实际上，那次聚会在广州传媒圈里反响不算太大，尤其是对比同样具有民间性质，举办时间相距不远的新媒体与公民社会研讨会，关于香港文化身份的研讨吸引力无疑弱了很多。即使，这次聚会有所谓的国际化背景。

我们的角度，所谓"消失中的香港"，探究的是香港文化，包括流行音乐、电影、电视剧以及更高端的文学、思想在大陆影响力逐步消减，探究的是曾经在过去几十年中如此吸引我们的香港文化为何黯然失色，这一问题，在我看来是更适合一群文化人关起门来边喝咖啡边聊天，这也是我想象的香港人对于论坛的态度，这里不是文化沙漠吗？

港人脚步匆匆，忙于衣食，作为经济动物，对文化的热情想来也高不到哪里去。结果，等到了香港，听说所有的票已全部派发，会有大批听众，已经成为一次有影响力的公众论坛的时候，我忍不住说了一句："搞大了"。

原来，"消失中的香港"其实是香港人最真实的生活。我认为这是本次研讨会能够如此吸引听众的最重要原因之一。香港在消失中，对于港人而言，是正在发生中的严酷事实，是他们逐步被强迫剥离的童年记忆和生存社区。在这个城市中，慢慢变成陌生人。一方面是模糊的体会和抽象的认识，另一方面是正在发生的生活和惨痛的经历。这种文化交流形式事实上一直存在于香港和内地之间，不过通常是港人用略带悲悯的眼神盯着我们这群生活在内地的人们。可就这个问题而言，状况却恰恰相反。

如果我没有记错，论坛第一部分"城市空间篇"环节中四位讲者，有三位曾经在同一张照片中出现。那是在抗议天星钟楼皇后码头被消失的游行队伍里。不知为何，港人与内地同胞相比，总是显得年轻些，几位讲者，在镜头前面意气风发。

原来，在"被拆"面前，我们都是一样的。广东省部分地区民众的福利之一，就是可以在家里收看到香港的电视节目。当然，更准确地说是可以看到某些时段、某些特定栏目的香港电视节目。记得有一天上午，我打开电视机，看到一个码头上躺满了各种各样的人，把自己捆绑在柱子上，像被胶水浇过一样粘在地上，然后，这些人被警察一个个定点清除——当然是香港式的文明清除。躺着的人中，有男人，有女人，有青年，有老人，他们就这样安静地躺着，等待着警察的到来，等待着被抬起，送到等候已久的警车或者救护车上。所有人，示威人群、媒体、执行公务的警察，像是在共同进行一项工作，差别仅仅是扮演角色不同。

拆迁遭遇钉子户？这是在香港这个自由的资本主义社会发生的事情吗？

研讨会使用的是广东话，我和李蝴蝶使用同步翻译，凭借在广州生活几年的经验，我听出来担任翻译的女孩子已经尽可能地传递信息，但是，翻译本身就意味着资讯的消失、曲解。这一过程存在研讨会始终，所以，我所评论的，只能是我自己关于这次研讨会残缺不全的记忆。

不知道我有没有听错，建筑师吴永顺自认分裂。拆拆建建中前行的香港，其实给了建筑师最好的机会，发财、成名、不朽。套用我熟悉的语言，吴永顺也是既得利益阶层中的一员，他一面尽建筑师的职业本分，为雇主设计着他们理想中的美丽新世界，一方面尽一个香港文化人的本分，走上街头对着这个美丽新世界，大声说："不"。

这两个方面都是香港最真实的层面，坚守自己的生活与履行自己的职责。所有这些都认真到了一丝不苟的程度。还有，香港那深入到骨子里的"文明"，我想，换成是我，照片中的形象肯定不会是这么规矩。

吴永顺用专业水准为我们剖析香港城市规划的弊病，以车为本，以钱为本，本来自由自在的多元化的公共空间，变成了私人土地和过分管理的城市空间，随着那些老街、市场、码头的消失，香港失去的，不仅仅是集体的记忆，更是自己的文化和历史。吴永顺提出了几个香港的反例，三藩市、佛罗伦萨，图例中的这些城市中，香港像个注定走不出的迷宫。

但是，这些都还不是问题的关键，吴永顺提出了一个重要的问题，谁在制造这些改变？

我对这个问题特别关注。这其实源于大陆的经验，土地制造财富是中国自20世纪90年代至今经济神话的两个翅膀之一。胡同，四合院，石库门，骑楼，都在推土机面前轰然倒下，曾经叫我们感动的，与我们情感息息相关的空间与生活均不复存在，这个城市剩下的，仅仅是对于财富的追逐与炫耀。

这是大陆的故事，香港呢，是谁在制造这些变化？"城市空间"这一环节完毕，我追问吴永顺。吴永顺说，是政府与房地产开发商。就这一问题，香港人给出的答案与内地完全一致。可是，香港不是资本主义社会吗？政府和开发商何以能够如此猖狂？

同样的问题我第二天抛给了洛枫。在讲演中，洛枫以文艺作品为例证明香港并没有消失。刘国昌的《围城》，许鞍华的《天水围的日与夜》，麦婉欣的《十日谈》，还有李克勤的《天水围城》，谢安琪的《囍帖街》，这些文艺作品都在见证香港的存在以及这个城市的风貌，虽然是小城故事，却依然动人。而对于我的问题，她的答案是，全球化。

全球化裹挟着我们的生活，让世界趋向同一个城市，全球化又必然伴随地域文化的觉醒，所以香港面对大陆，面对世界徐徐展开了自己本土面孔，才有了今天港人的焦虑与叹息。这是我从全球化角度理解"消失中的香港"的粗浅尝试。这样一来，"消失中的香港"是香港政府和房地产商在滥用他们低级的审美趣味和低级的公共伦理。那么，"消失中的香港"是个美学问题。谢至德花那么长时间记录的，其实是一种艺术作品，叶长安、吴永顺他们愤怒的，

是政府与开发商的全球化趣味。他们所致力的，是提高政府与民众的"品味"。

可是，如果是高品位的政府和高品位的开发商在改变香港，掠夺香港人的城市记忆，又让吴永顺、叶长安、谢至德他们用自己的聪明才智规划出一个既美观又合理，既是世界的又是香港的城市，一切是否就顺理成章万事大吉？

我总觉得还有问题没有得到解决。中午饭局，我又不怀好意地追问，你们这般闹来闹去，有没有制度保证或者有效的途径，让开发商和政府放弃自己的计划？回答是，行动可以通过媒体、舆论给政府施加压力，让他们有所收敛，有所改变。可是，如果政府脸皮足够厚，开发商足够心狠手辣，情况又如何呢？如果政府就是不讲理了，情况会如何呢？叶长安对我说，香港政府，有时候是会讲理的。

究竟是谁在改变香港这个问题后面其实有一系列潜台词：究竟谁有权力改变香港的面貌？究竟谁有权力确定市民生活在一个怎样的空间里？谁有权力让我们慢慢丧失自己的记忆以及精神的家园？

文化评论人潘国灵先生提出了一个重要的观点：要区别"消失"与"消灭"。当然，他有他的角度：每一次你说及"消失"，其实是一种"显现"，这种对立统一的辩证关系，有大陆人很熟悉的欧陆哲学味道，但是这还不是问题的关键。关键在于，消失是个自然的过程，而消灭，前面会有个"被"字。正像潘国灵所说，香港文化中本身存在着求新求变，忽视历史传统追求"国际化"的基因。

本次研讨会涉及的其实是三个基本层面的问题，一个层面是，香港今天的消失究竟是谁造成的？这块土地上的人们有没有决定这个城市面目的权力？另一个层面是，香港艺术家文化人的审美趣味如何才能成为这个城市真正的核心美学价值，继而保证这是一个服务于人的，有历史的，有文化内涵的城市？第三，在实际的融合过程中，香港文化传媒遇到哪些困惑，获得哪些经验？

在我看来，第一个层面的问题要重要得多。一个正常的文化，总是在不断"消失"，被时间渐渐抹去，而不应该是被某种蛮横的权力所消灭。洛枫在回答时提醒我，要考虑到香港殖民地的身份和这种身份在今天的延续，这其实是问题的关键。

不从殖民地的角度，无法理解香港。我注意到了香港的自由，注意到了香港的资本主义制度，注意到了香港对于传统文化的保存，却忘掉了同样重要的，殖民地的身份。

谁是香港的主人？为什么面对被消灭的命运，香港文化实质上并没有太多博弈的空间？这个被我忽略掉的殖民地身份，其实恰恰是答案。

根据我查到的资料：在英国管治香港的一百多年里，除新界部分农业用地归当地村民所有外，其他土地统称为"官地"，最终所有权归英国王室所有，由港英政府代为行使。也就是说，那些被文艺界和香港人魂牵梦萦的码头、街道、风景，在法律上并不属于他们。1997年之前，这些属于遥远英伦岛国的一位妇人，1997年之后，这位妇人讲这块土地移交给了正在崛起的一个新政权。

梁文道在内地讲演的时候曾经讲过，97回归，主权问题得到解决，但是"去殖"始终没有进行，甚至，在"歌照唱，舞照跳，马照跑"的口号下，"一国两制"被理解为殖民地生活的延续。这些都造成权力的蛮横、财富阶层的骄奢。所以，因为城市一天天陌生，人们痛心疾首却无力回天。

我在此次研讨会上的题目是"期待香港传媒进入中国现场"。李照兴的《潮爆中国》可以视为香港传媒文化进入中国的一次尝试。这部片子讲了一个非常北京的故事，但是同时是一个在北京的香港故事：九龙皇帝被置换成后海黄帝，从北京丫头嘴里说出的"这个城市越来越陌生"却也是香港的感受。人们对于城市变迁的矛盾态度，既香港，又中国。他的发言也同样精彩，我希望有机会听他用普通话再说一遍。

有听众针对我的发言，提出他的看法：香港的未来在大陆。我明白他的意思并不是希望明天突然出现一位香港特别行政区区委书记，而是，香港依然需要完成现代化，转化成一个健全的现代社会。香港要成为香港人的香港。而在这一过程中，李蝴蝶所说的新兴文艺传媒人群，林蔼云所致力的非主流媒体空间，高志森的舞台剧，萧若元的新媒体尝试，应该都会不断发挥作用。这也正应了区惠莲为会议安上的光明尾巴——"再战江湖"。

剑桥八百年

　　剑桥大学成了十月底《三联生活周刊》的封面故事，这期杂志对这所大学的评价是"一个完美的读书地方"。除了这份杂志，作家许知远亦在香港《亚洲周刊》发表文章，描述他对于这所世界著名学府的观感与思索。几篇文章放在一起，剑桥大学在异常嘈杂的中国传媒现场中，倒也成了一次新闻事件。

　　原来，2009 年是剑桥建校八百年。传说八百年前，一群学者为了躲避殴斗，从牛津大学逃离出来，建立了剑桥。除了悠久的历史，璨若群星的知识与思想巨匠，诗情画意的中世纪建筑，今天到过剑桥的人们印象最深刻之处，恐怕是种种叫人瞠目结舌、异常古怪的规矩：教师与学生在特定日期聚在一起就餐谈论学术，用餐时学生坐低桌，教授坐高桌；在正式晚宴上，就餐前院长总会念一段拉丁文，虽然现在剑桥自己的学生能听懂的也不多；还有，毕业典礼上的黑色学袍，其长度、袖子、丝带、帽兜、扣子等部件都会因学院、专业、年龄和学位的不同而有所区别，穿着这些长袍的毕业生，都要去握校长的手指，每人一个……拥有古老建筑和奇闻异事的剑桥，乍听起来，很像哈利·波特就读的魔法学校。

在我看来，看似奇特的方方面面，其实质是一个大学对于自己独立地位和历史传统的坚守和宣扬。正是通过这些仪式，每一个从剑桥走出的学生意识到"我也成了剑桥历史中的一分子，分享着牛顿、达尔文、拜伦的荣耀"。

对真正进入到剑桥生活中的人们而言，奇怪仪式背后，是普世性的关于大学教育的信念。借用剑桥讲师刘瑜的话，剑桥大学，实际上是一个"正常"的大学："思想自由，风景优美，学生努力学习，老师努力教书。"

许知远写剑桥的那篇文章题目是《剑桥的模样》。我至今仍无缘一睹剑桥的模样，但是对这个世界著名学府，却也不会过分陌生，因为我们身边，有不少东西以剑桥命名。比如，在我生活的大学城附近，一个以"剑桥"命名的房地产项目正在建设中，据说这个项目以别墅为主，会以令人瞠目的价格出售。而与之相伴随的，是大学城所产生的一系列地王，针对大学城内开发商业房地产项目，将让大学城的夜晚只有学生和富人而没有大学老师，校园文化无从谈起的质疑，有一种声音特别响亮和刺耳：大学就应该是世外桃源吗？

有意思的是，剑桥也是个大学城，距离伦敦很近，据说房价高企，但是，没有任何资料说这是一个只有学生没有老师的"城市"，更没有资料说，剑桥的夜晚，只有学生和成功人士。真实的情况是，"剑桥的土地几乎都为各个学院所拥有，学院不会把自己的产业出租给夜总会，更不要说色情场所。"

当然，今天的中国，没有一所学校可以与剑桥相提并论，但问题关键之处在于，我们今天的大学，有没有走在成为剑桥的路上？按照今天的模式发展下去，数百年后，中国能否拥有一所名副其实的自己的"剑桥"？最近去世的历史学家唐德刚先生有一个很著名的比喻：中国正在走历史的三峡。也许，在他预言成真，中国驶出三峡之日，这块土地能够真正拥有一块"人与书籍互相支持，智慧与情感携手并行，思索成为一种热情，辩论因痴迷而意味深长"的守护灵魂之所，而不仅是我们今天熟悉的以剑桥命名的房地产项目。

被消失的官园，被消失的生活

据说依照网友的意见，2009 年度汉字是一个大大的"拆"。其实，熟悉中国城市变迁的人们恐怕都清楚，在"经营城市，以地生财"已经成了这个社会运行内在逻辑的情况下，这个"拆"字，并不仅仅发生在一个看似平淡的年份，也不会随着这个年份的过去而终止。

实事求是地说，相较于这些让专家学者痛心疾首的被拆名人故居，2009 年 12 月 20 日发生在京城的那次拆迁，实在是正面范本：2009 年 12 月 20 日，北京最早也是旧城区中惟一的大型花鸟市场——官园市场正式停业，作为曾经的地标，它正被抹去。被拆掉的官园，最终会被一座现代化建筑所取代。

之所以说是"正面范本"，是因为这里的拆迁静悄悄：没有钉子户，没有抗议者，没有众多专家强有力的质疑与批评，人们对于官园的消失，更多的是报以惋惜与惆怅：

在官园市场消失之前，很多获知消息的北京市民纷纷赶到
这里，抓住最后的机会，留影纪念。这个城市中心曾经存
在过的，生发出"官园文化"的老北京文化乐土，就这样
静静地成了历史，成为北京人记忆中特殊却又"寻常"的
一部分。毕竟，在推土机面前，北京人要记住的东西，实
在是有些太多了。

官园其实就是一个因卖金鱼和热带鱼发展起来的宠物
市场，只存在了短短几十年。在拥有三千年历史的京城，
根本够不上"需要保护"的资格，在那些进入文学史、文
化史的建筑古迹尚且无法继续存世的情况下，一个没有多
少"文物价值"的宠物市场，其消失更是显得微不足道。
更何况，这个市场，本来就没有真正拥有产权的所有人，
其硬件存在种种缺陷，安全隐患颇多。但是，事情可能存
在着另一方面，与纷纷消失的名人故居相比，老北京人似
乎对官园市场倾注了更多情感，更多感伤：因为这里是他
们真实的生活，真实的感情，真实的快乐。

在我看来，如果说诸多古迹旧居被消失还只是消灭了
人们对于历史的亲和记忆的话，官园市场的消失，实际上
是在证明，北京正在丧失最真实最基础最民间的文化与生
活。这种生活不仅仅是文字记录的风情与旅游资源，更是

真实而具体的生活状态。正像有位玩家在接受采访时所发出的感叹："现在住这小区里，连邻居我都不认识，跟谁玩儿？玩给谁看？老城改造，北京人散伙了，这老北京的玩意儿也快散伙了吧。"

这个于 20 世纪 80 年代随着北京民间生活复苏而兴起的花鸟市场在目睹它的同伴一个个消失之后，终于也迎来了似乎是注定的命运。而与这个市场相连的生活，要么消失，要么被风干，成为招揽游客的粗糙仿品。也就是在这个意义上，也许，官园市场的消失，提供了理解这个时代更为真切的路径：目睹自己倾注了生命与情感的生活一天天消失，除了惋惜，我们能做的事情其实不多。

告别革命，告别爱情

今天，青春成为商品，爱情这个词汇已经名存实亡。

这是专栏作家老愚的话，他在 FT 中文网上写了一篇文章谈剩女问题，引来口水板砖无数，在很长一段时间成为那家网站最热的帖子。这个判断如此触目惊心，必然会刺伤许许多多的人，特别是，那些对于"爱情"还有些期待的人们。

不过，如果真用自己的眼睛去审视我们生活的这个时代，不难发现这个判断在某种程度上触及到真相：面对不断割裂的阶层，人们只能依照自己的本能趋利避害地生活，在一次次逃离之后以为自己会是一个永远的幸运儿，而情感与身体乃至生命，似乎不过是生存或者通往更好生存的工具。婚姻本是一种经济生活方式，爱情则成为一种永远悬浮在空中的泡泡儿，闪亮好看却不解渴。这种状况不知道对已近中年的生活在今天的中国男人们算不算幸运。这个时代在一轮又一轮关于财富欲望的游戏中，产生了据说数量惊人的所谓"剩女"，进一步给掌握现实财富的阶层掠夺青春与美丽资源提供了优越的基础。

老愚的文章，谈的还不仅仅是这些高知高收入在城市里已经暂时没有生存之忧的女人们，他笔下还有那些从中国县城乡村汇集到都市里的女性，她们怀揣梦想用自己身体中最柔软的部分去触摸现实，于是就有了几乎每个广州市民手机上都会收到的暧昧纠结的段子，就有了南中国震撼世界的 ISO 产业标准。

所有这些都给男人情感放纵提供了足够的想象空间：猎艳乐此不疲，在呻吟声中缅怀自己压抑的、已不可寻觅的少年惆怅。这些肚子隆起性情亢奋的动物们开始告别自己当年珍视的几乎所有东西去拥抱这个时代和生存在这个时代的各色女人。无论环肥燕瘦，加笄徐娘，只要你拥有足够想象力和一点点耐心技巧。与此同时，游戏男女心里可能都清楚，种种故事，无涉爱情。

我听说了足够多的爱情不爱情就看你如何定义之类的屁话，貌似多元公允却掩藏不住这个时代的苍白与冷血。现实生活中的人们不得不忍着心中悲怆挥别自己的爱情，然后扎进有标志的或者没有标志的红灯区里安置自己的情

感，睡在一个无数人睡过的床上去体会真正的安全。对，我是在讲贾樟柯那部《任逍遥》，斌斌的爱情基本上就是我们自己的故事：爱情被时代借助每个人自己的双手亲自埋葬，无爱无牵挂的我们最后只能把头埋在小姐大腿上寻求心灵慰藉。因为在今天人们相信，只有拥抱庸俗才能够真实。所以让我们就不停庸俗下去吧，反正底线早已被碾得粉碎。

这是个没有爱情的时代，我们在这个时代中能够拥有的仅仅是一种成长在恐惧底色下的情感体验。是被强制遗忘以后因为自我审查与自我阉割而实现的快感。野夫说，从青春革命到醇酒妇人，这几乎是我们那一代多数人的宿命。所以，当我们遗忘了自己的青春，所有的浪漫最终都会复归于现实。即使现实的铁栏未曾有过稍懈。那些在苦难中所经历的温情，已然是苍白岁月里的灿烂底色。

记忆中的爱情和那些东西相联系：革命、书信、诗歌、火车、摩托、生命、离别。2009 年我一遍遍看野夫写他在革命时期的浪漫故事，一次次让眼睛中充满泪水。当然，我不是影帝，只是一个有些脆弱有些怯懦的未成功中年，只能一步步看着那些曾经激励我们的，让我们魂牵梦萦的东西或者脱胎换骨或者灰飞烟灭，只能一步步看着诞生过《悟空传》、《第一次亲密接触》的全球化互联网，最后成为在一个接一个煞有其事的节日里煞有其事快乐无边的城市男女。而且更可怕的是，所有这些东西在今天都已经貌似永恒。我们苍白的性与情于是也就成为永垂不朽的"爱情"。

我怀念有铁轨的爱情。这种爱情拥有漫长的等待，用别离凸显价值。不知道还有多少人依然拥有关于车站汽笛的痛苦记忆：别离、远行。在地球成为村庄，远方瞬间可及的今天，我们失去了等待的耐性，自然也没有了等待中撕心裂肺式的爱情。

转述一段刚读到的与铁路相关的爱情吧。1959年9月26日，青年学生甘粹即将远行，在北京火车站与自己的爱人别离：

"我们心中积满了阴霾，长久地凝立在月台上，离别的苦痛灼烫着我们的胸怀，灼烫着我们的脸颊。我仿佛又听到她那悲凉而哀怨的声音。我没有，从来没有见到过她一对这样颤抖和痉挛的眼睛，看着她那寒栗悚惧的神情，我突然觉得整座月台里其他一切全都死灭僵凝了。我们将面颊贴近，相互紧紧地拥抱着，两人的泪水融合在一起，沾湿了两人的衣襟。她不停地说道：'我们不能分离，阿山，你不能走啊！'性格一贯倔强的她，从不落泪的她，这时也流出了两行炽热的泪水。

这是我这一生，第一次也是最后一次看见她的泪水。我更加紧紧地抱住她，啜泣地说道：'你别哭！你别哭！'其实，我的泪水也盈眶夺目而涕下了，我也在哭啊！

火车鸣叫了一声，我们才从悲痛中清醒过来，我不得不离开她的怀抱，踏上了车厢门的踏板。她追随着缓缓启动的列车，摇曳着手中已被泪水湿透的手绢，发狂地喊道：'我等着你，我等着你，你一定要回来呀！'

这时，我真想不顾一切地跳下车去，可是，已经不可能了，列车越来越快了，奔驰飞出了车站。她那纤弱细小的身影，在我充满泪珠的眼眶中，渐渐地模糊到完全消失了……"（甘粹《我与林昭的爱情》）。

甘粹的爱人有一头异常浓密美丽的头发，所有我看到的照片中她总是在微笑。后来，我又在纪录片中看到过她的头发，被来自久远历史深处的报纸包裹着，成为她与这个世界惟一的物质牵连，映照出这红男绿女不知道算不算幸福的人生。

还有，爱情似乎也应该拥有诗歌，也应该拥有书写、羞涩和眷恋。《新京报》2009 年做过一次专题，让我们看到三十年前的爱情：黄子平的朋友用三句最高指示拼凑起来一封情书；作家邓刚对于公交漂亮女售票员眷恋不已；还有因为组织文学沙龙被投到死囚牢房中的张郎郎与一位同样"没有将来"的女子孙秀珍之间的童话故事，作为死囚他们紧靠着，押运他们的汽车穿过灯火辉煌的长安街……

所有这些已经恍若隔世。面对历史我们仅剩下猎奇，当人们确信历史已经终结，山寨通往盛世，关于爱情和爱情的故事自然已经无义。真正的爱情在今天实属偶发事件。人们本来以为告别革命就会迎来爱情，却没有想到告别革命的同时我们已经告别了爱情。德国诗人里尔克所说的："哪有什么胜利可言，挺住就是一切。"今天我们悄悄地把这句话换成："哪有什么爱情可言，挺起来就是一切。"

在我看来，爱情如同其他困扰我们的东西一样，是这个时代伦理困境的某种结果：当人们没有迎来胜利就匆匆告别革命，当现实中每个人只能被圈中依据动物本能进行抉择，当正义只在五米之内显现，我们开始学习用欲望去填满自己的责任与承担。我们也就开始有了这样的故事：男人女人各取所需相互取乐却又相互仇视抱怨。也是因为这种困境，我们似乎只能在纵欲与禁欲中进行着两难抉择，而两种生活中无论哪一种都在让我们远离爱情。这可能就是这个时代关于情感的秘密吧。我们脸不红、心不跳地躺在米克洛斯·哈拉斯特笔下的天鹅绒上面，温暖舒适性致勃勃，与此同时，时代在我们身体上飞快前行。

愈堕落，愈膨胀

"堕落"，这是知名社会学家郑也夫对中国知识分子群体的描述。《南方都市报》刊载了他与另一位学者应星商榷的文章《新父朽败之由来》，在文章里他又一次提到了这个让人其实有些麻木的刺激性词汇。虽然是"商榷"文章，实际上这两位学者的意见差别并不是太大，都痛感于知识阶层的堕落，都在为中国学界的腐败而忧心忡忡。差别在于，应星更多将火力对准着今天掌控话语权的学术领袖，对这群喝狼奶长大的父辈种种劣行展开了激烈批判，而郑也夫则主张堕落的并不仅仅是哪一代人，更挑明了"用糖果塞住你嘴巴"的绝妙设计，设计之下，无数青年才俊志士仁人尽入彀中，整体堕落，也就自然而然。

这场谈论中，我更认同郑也夫先生。因为如果单纯纠结于哪一代人应该承担责任，一来未必符合事实，二来很容易遮蔽掉更为重要的东西。而且在我看来，被应星批评的知青一代学人，至少还拥有过 20 世纪 80 年代的美好时光，有过一段如饥似渴阅读、思考的经历。与应星先生的观点不同，我有一个不知道算不算悲观的结论：学界中人，似乎是一代比一代更"成熟"。

但是在我看来，无论是郑也夫先生还是应星先生，恐怕都面临着一个共同的问题：说出来又能如何？似乎是要与他们的讨论相呼应，两条相关消息几乎同时进入到公众视野，2010 年 2 月 4 日，《新京报》报道了北大法学院将要实行的绩效工资分配方案，教师工资将按工作量分配，而工作量则与所谓学术成果挂钩。与此同时，2010 年 2 月 7 日，同样是《新京报》的消息，2010 年中国研究生数量将继续膨胀，硕士研究生扩招 5%，博士研究生扩招 2.5%。

关于中国为什么出不来大师的问题在这些年成为社会关注热点，批评中国高校与中国知识分子阶层的整体堕落，评判大学体制官僚化造成的评价体系之扭曲和论文大跃进，批评中国大学扩招导致教学质量下降，这些声音不可谓不强烈，但是将最近发生的事情放在一起，似乎可以得出结论，中国高等教育已经到了不改革就没有出路的地步。

为何会出现这种情况？长平先生在评论毒奶粉卷土重来时说，舆论要发生作用，必须存在一个正常的社会环境。

当舆论根本就不被在乎，甚至舆论也自身难保，公义何可寄望？我觉得，这个判断，不仅仅适用于毒奶粉事件，也适用于中国大学以及在这块土地上发生的其他事情。

老师变成老板，教师或被迫或主动地大量制造论文垃圾，不断扩招的学生更谈不上获得良好教育。这基本上是中国大学今天的现状，而在一个封闭的体系里自我运作自我认可自我表彰则是中国大学越堕落，越膨胀的原因，这些似乎已经成了社会某种共识。不过在基本游戏规则始终无法改变的情况下，究竟如何遏制这一不断加速的下坠过程呢？也许，像秦晖先生、萧翰先生那样明晓并坚守价值立场，勇敢放弃"糖果"，倒不失为学术个体在这个时代有承担的选择。

自杀的逻辑

　　三国故事中，关羽最后的结局是大意失荆州败走麦城，被东吴擒获最后被孙权斩杀。这是被《三国演义》和《三国志》双重落实了的"信史"，所以当看到电视剧《三国》为关羽安排了新命运——自杀的时候，实在佩服该剧主创人员的胆气。该剧刚刚播出的时候，我曾经写过一篇短评，说它有一颗现代性的心。现在播到七十多集了发现自己还是保守了，这电视剧拥有的岂止是现代性的心啊，简直是现代性加后现代的双核。

　　据媒体报道，关羽自杀的命运是其扮演者于荣光提出来的，他认为，从关羽的形象塑造和《三国》的整体风格设计而言，关羽自杀的死法更加英伟和苍凉，"关羽的武功和智力，在三国众将之中是名列前茅的，让一名这么英武的英雄被一群不知名的小兵杀戮，这种死法太让人感觉不值了。"至于效果，他个人感觉还不错。

这个"效果不错"肯定不适用于所有人。不少观众对此改动表示了愤怒:"为什么一代武圣要自杀? 依照关羽的性格,即使到最后关头肯定也要流尽最后一滴血战死,他又不是日本武士,打不赢就自杀?"还有人声称这种乱编玷污了关羽在自己心目中的形象。

电视剧《三国》从播出到现在一直争论不断。争论内容涉及从以曹操为故事发展主线、淡化刘关张兄弟情谊,吕布诸葛亮太奶油,貂蝉似村姑,大乔小乔让人失望,极端穿越感的台词,等等方面。有意思的是,就在骂声中这部电视剧一直占据着收视率排行榜的高位,并且慢慢培养了一群粉丝。就像有评论者说的:"没有瑕疵的古装剧是不存在的,而适度的 bug,包括史实上的硬伤、穿帮镜头,渐渐成为古装剧的重要卖点。"

不过,关羽自杀这个硕大无朋的 bug,还是不是在观众可以接受的范围里,这实在是要打个问号了。

在我看来,关羽之死的安排具有极强的颠覆性,解构了这部电视剧的故事线索与内在精神建构的统一,这对一部电视剧而言可能是致命的。致命之处在于,主创人员致力追求的现代感,推崇的现代性价值观念对于电视文本中的故事线索构成了威胁,而且这种威胁又触及到电视剧故

事的价值观层面，反过来造成了电视剧表达效果的模糊。

具体而言，我承认关羽自杀的处理确实凸显其人性尊严，不过尊严是个体的，这与刘关张故事中最打动中国人的、在电视剧中也没有改动的兄弟之义——"不求同年同月同日生，但求同年同月同日死"之间产生了冲突。当然，这部作品其实也没有太把兄弟情谊当回事，否则就不会有桃园结义不如曹操一泡尿的现象发生。可问题在于，虽然是淡化，但毕竟没有改动故事的深层次结构，没有鼓捣出兄弟反目为红颜，手足争权兵戎相见的幺蛾子。总之，刘关张的故事还是完整地放到电视剧里了，这么一来，兄弟义气就成了电视剧价值观体系中自然而然存在的组成部分，电视剧中的关羽无论如何都不是孤独的，是有牵挂的。而看看中国历史，那些自杀的人，无论屈原还是项羽，乃至王国维，仔细看看就会发现，他们多是孤独者。

我始终觉得，一个不孤独有牵挂的人，即使再怎么骄傲，也不会选择自杀。所以，电视剧最后关头整出关羽自杀以成全自己武神形象，这感觉就类似一群中年人凑在一起谈事业婚姻家庭子女教育，结果一不小心，其中一位把脸一抹，大叔大婶，我 90 后不和你们玩了。

不知算不算巧合，几乎就在这部电视剧播出的时候，有十几个青年人也选择了自杀，与电视剧的戏说荒谬不同，他们的死亡与这个时代的内在逻辑却十分合拍：他们有比关羽更靠谱的个体意识和找寻成功幸福的个人追求，他们离开大地，到一个孤独的城市中，而且所谓现代化的企业运行和管理，只能更是将他们从家庭兄弟朋友恋人等等情感联系中抽离出去，他们是真正孤独的。而且，没有故园，也不拥有异乡，于是他们跳下去了，用死亡解释了这个社会的某种真相。且不论别的，他们的死亡比起关羽自尽，要容易解释得多，似乎也"合逻辑"得多。

十年之前

　　时间过得真是快，距离我 1999 年到山大念书，已经过去十年。前不久读到许知远一篇文章，名字叫做《我们这一代》，在说十多年前的事情：1997 年，二十五岁的文学青年余杰结识了大学生许知远，而在不久之后，余杰发表了那篇著名的《昆德拉与哈维尔——我们选择什么？我们承担什么？》，借由中国知识分子对这两位捷克作家的态度，余杰试图剖析 1990 年代的文化心理——我们太聪明了，而缺乏严肃的道德立场。

　　十几年过去，我一直没有真正离开过校园，目睹着许知远这个同龄人一步步成长为知名作家传媒红人；而余杰，则似乎渐渐被忘记，我给学生提到他名字时候，常常迎来一片茫然目光。其实，拥有这样命运的知识分子很多，今天再说起这些，不少人已经恍若隔世。

　　十年之前，当时的中国是怎样的中国啊，第三波富豪阶层正在凭借着新兴互联网技术而萌生崛起，却开始经历第一次网络泡沫破灭带来的痛苦。他们被认为是最干净、没有原罪的一群富有者。这种变化也承载了不少人的希望，甚至是我们这个相对冷僻的文艺学学科，学者们也开始关注"网络文艺学"之可能。实际上，互联网等新技术对于中国文学乃至中国社会的影响，一直到今天还是一个逐步显现却依然无法定论的过程，但是有一点可以肯定，互联网改变中国的途径，并不像当时人们预期那样从"网络色彩"浓郁的文学或者文字开始，反而，从草根到公民，从网上走向网下的漫长过程却真正鼓舞人心。但是在当时，我并不知道自己正在错过一个时代。

二十三岁时，我与那个时代不少青年学生一样，最吸引我的，是一个叫做"学术"的东西。这种东西，区别于20世纪80年代流行一时的所谓"思想"，又区别于在当时已经成为时代潮流的经世致用之学：法律，经济，管理……当时的圈子里，流行谈论的是知识分子的岗位意识，所谓"岗位"意识，是知识分子的"学统"，学者们从民国时候的大师中寻找灵感，却抽离了他们在漫漫岁月中的悲剧命运，将钱钟书先生推崇为"文化昆仑"，而陈寅恪先生，则被视为是潜心学术，不问政治风云变幻的偶像——事实上，只要稍微了解一下陈先生，就不难知道这种理解是多么不靠谱。

今天看来，我进到山东大学的时候，实际上正是众多中国知识分子一步步退回书斋，强调自洽，无力亦无意解读中国现实的时候。那时候，几个"工程"开始实施，大学刚刚变得有钱、扩招也刚开始、象牙塔被行政化初现端倪但还没有像今日这般登峰造极、各个大学都还在经历着合校的风波与阵痛，做大做强口号背后是教师待遇开始提高。总之，涌动着的是希望，尽管它看起来是那样模糊。

当时的美学正在进入低潮。这个本属于"思想"的学科被"学术"口号所吸引，热衷自身学术历史的整理和概念推演，忙于整合所谓中国传统美学资源与西方世界思想发展的最新成果：英美左翼文化批评，德国现象学以及海德格尔。学校里似乎已经少有人谈萨特、加缪了，更有吸引力的是海德格尔与中国天道暗通款曲，是《易经》可以指引世界文明走向未来。"道"的世界如此玄妙，或儒或道，或孔子或老庄，都可以作为疗世的精神良药——虽然看起来，这些仅仅治疗了学者自己及他们的生活，甚至连校园都难以改变。从海外回到国内的怀揣 80 年代梦幻色彩去西方寻找真理寻找组织而被现实压爆的学者们聪明地选择了一种腔调：中国可以拯救世界，靠哲学，靠美学，靠思想，靠传统文化。还有，十年之前，绿葱般茁壮的青年们近卫军般的爱国主义与民族主义狂热正在萌动，他们还没有成为房奴，他们还会异常优雅地"说不"——用学术语言，用学术规范，用长长的由古汉语英文德文组成的注解。在季羡林等学术大师指引的文明之路上，他们思考的，不仅仅是脚下这块土地，更是所谓"人类"的未来。

我们被告知，西方遭遇危机了，现代性无处可去，所以，我们后现代，我们质疑启蒙，质疑民主，质疑公民观念，我们批判普世价值，我们开始确信，中国社会本来是"美好幸福"的，不过是被罪恶的西方拖进了一个已经证明没有未来的现代化过程，所以无论是社会现实生活还是我们的精神世界，中国人都要走自己的路，都要摸着石头过河。而中国美学要做和能够去做的，是充当这场美妙行程合理性的提供者，以及将这个行程导向这个文明体几千年来一以贯之的某种神秘境界：天人合一。这种神秘境界，是这个文明体的未来，抑或是整个人类的未来。

插句闲话，我自认为是一直到最近才算对于"天人合一"观念的另一面有所了解，那是在与两位摄影家深度交谈之后获得的体悟。这两位摄影家，一位是颜长江，拍摄三峡。还有一位是张新民，拍摄中国农民工，拍农村包围城市。这两位都对我提及了"天人合一"的观念。对于颜长江，"天人合一"实际上是中国民间社会的生存状态与精神世界。而对于张新民，天人合一成为他记录社会，表达观念背后的价值支撑：面对一个无所不能，自我神化，比一切权力都要伟大的权力，天人合一的理念意味着这个权力的边界，意味着似乎注定看不到希望的艺术行为会有一个最终的结果。几千年前孔子所谓的"予所否者。天厌之！"其实上是天人合一更为真切的内涵。

如此看来，这个观念，其实不仅仅是一个"美学"问题，也不仅仅是一个思辨性的哲学命题，它更应该是一个时代生活着的人们更为基础的理念，看待世界的观念。

回顾十年前的学术风气，凸显文艺的"审美"价值，似乎已经成为"共识"，而所谓"审美价值"，实际上是与某种具体的审美经验相关，不同的理论家对于"审美经验"各有理解却极少明言。理论只在理论的维度上进行，不少学者对于艺术的理解截止于 20 世纪前半叶，更糟糕的是，对于中国社会现实的认识，更是缺乏常识和第一手体认。

文艺美学在 20 世纪 90 年代的"勃兴"，同样凸显出中国现实语境诡谲状况。

事实上，国内文学研究者最初提出文艺美学的概念，其背后的想法是将关于文学的理论与批评从"文艺学"手里解放出来——王德胜先生指出的文艺美学观念本身就是思想解放的时代产物，这个说法应该不差。在上世纪80年代，当时的情况是，从苏俄传入中国的文艺学依然维系着文学发展正统督导的权力，在相对封闭，自我运作自我肯定的以各行业协会为基本单位的文艺生产体系内，"文艺学"意味着正统的真理。与似乎代表着未来的热热闹闹的"美学"相比，文艺学成为保守的领域，而胡先生的初衷，据说是要将美学引导到这个相对沉寂的领域，以期推进中国文艺与理论的发展。

　　在今天的眼光看来，这实在是一个不得已为之的事情，甚至存在着某种致命的时代伤痕：以为将美学引入文学研究之中，就可以在某种程度上实现艺术的自由，却在种种自觉不自觉的规避中，使艺术以及对艺术的理解倾向"形式"，或者，用一种所谓抽象的人性观念，规避掉文艺对于现实的追问。这与美学在那个时代的某种局限性相关，更和知识分子在体制内推动社会向一个美好未来变化存在关联：在不触动某些基本问题的前提下，获得自由，仿佛，真有一个退缩以后可以获得的空间。

与冰冷的文艺学相比，文艺美学更有一种让艺术自由的倾向——她强调艺术的审美价值。不管这种审美价值究竟由什么构筑，核心理念为何。毕竟，不再是某种异常具体的政治要求，而与当时风生水起的美学相比，文艺美学不仅仅着眼在抽象哲学体系的完成上面，更贴近于艺术实践本身。但是随着80年代过去，持这种想法的越来越走向另外一面。面对批评孱弱，文学不兴的状况，借文艺美学重建文学核心价值的想法也就应运而生，曾繁仁先生的生态和谐美学与钱中文先生的新理性事实上也是力图应对此挑战。

当然，这个核心价值究竟为何？这恐怕就成了今天文艺美学研究者们需要直面并厘清的问题。

还有一件琐事，十年之前，少年作家郭敬明和韩寒刚刚出道，当时的我对这两个家伙不屑一顾，一次与老师交谈，他对我说，几个少年作家中，韩寒不错。十年之后，韩寒用他的笔，不断刺激着我们不知道算不算浑浑噩噩的生活。

韩寒、庸众与这一代

　　大陆传媒界、文化界关于韩寒的争论一直存在。从韩寒出现那天起，他就是一个争议人物。今天在内地互联网上还能看到一段视频，十年前的一次电视节目。青涩的韩寒面对一群质疑者，大学教授、社科院专家、品学兼优的好学生和对这个不好好学习、几门功课挂红灯的小伙子表达质疑的观众。看这个视频，我有些惊奇地发现，十年时间，虽然他的写作可以说是从文学转向了时评，但韩寒基本上没有改变。

　　变化的是时代。十年前那些质疑韩寒的专家学者们已经不见踪影，因为这十年是学术圈分化严重的十年。正统的更加正统，体制内，精神生存的空间越来越逼仄，但提供给匠人学者们的物质财富与声望却不断膨胀。于是我们看到当年曾经有意走出书斋的一部分人又回去了，当时那些忙着质疑韩寒的学者们，十年前在传媒上活跃的人物已

告别革命，告别爱情

097

经在公众视野中消失了。同样消失的还有那个品学兼优的
女同学，也和不少好学生一样，用脚投票，远嫁异乡。

十年后，关于韩寒，大陆又展开了一论谈论，这次讨
论的背景是韩寒已经成为某种意义上的主流传媒人物，其
博客浏览量达到天文数字，他的照片成为不少媒体——无
论是时政类还是生活类，甚至时尚娱乐类报刊的封面。这
个青年人，已经成为这个时代某种标志性人物。

但是这一切似乎都在印证一部分观察者眼中韩寒"社
会宠儿"、"大众英雄"的形象。当美国《时代周刊》评选
世界最具影响力人物，韩寒榜上有名的时候，对韩寒现象
的抨击也就开始了。从韩寒是否真具有世界影响力到韩寒
对于中国价值何在，讨论一步步深入，实际上已经成为对
于中国当下社会整体认识把握的分歧。

对韩寒，准确地说，质疑是从一份新锐报纸《时代周
报》开始的，这家报纸创刊时间不长，却因其严肃深刻的
政经报道和犀利到位的评论成为中国传媒中的一匹黑马。
这家报纸的评论版为韩寒做了一期专题，并起了这样一个
名字，"我们这个时代的话语方式"。而其中一篇文章的标
题更是刺眼：《插科打诨的时代终将成为过去》，虽然作者
彭晓芸声明在她眼中插科打诨不是坏事，可是自然，插科

打诨也不是什么好事。

在作者看来，这是一个插科打诨的时代，韩寒是用文字带领着大众插科打诨。这个说法与哥伦比亚大学教授刘禾在更早前美国《时代周刊》说法其实有些类似，刘禾认为："韩寒实际上是一个将年轻人的不满能量导入消费主义程序的自愿参与者。"

刘禾的说法存在明显问题，因为将韩寒与消费文化等同起来实在不符合实际情况，据韩寒自述，作为中国最顶级的赛车手和写作者，他现在的财富还不足以在上海市中心买到一套大些、体面些的住房。刘禾的描述很大程度上适用郭敬明而非韩寒。

但是仔细琢磨下就可以看出，无论是彭晓芸还是刘禾，文章观点其实存在共通之处，那就是由于韩寒与民众过分密切的关系而对韩寒和民众的价值产生质疑。不同之处在于，彭晓芸还将矛头指向了中国知识分子群体。

然后就是许知远在香港《亚洲周刊》发表的那篇《庸众的胜利》，许知远文章中所提到的观点，吹捧韩寒者其实是庸众："韩寒说出一些聪明话，时代神经就震颤不已，这是庸众的胜利或民族的失败。"这一观点在中国传媒界与文化界掀起了激烈的论战。但是另一方面，这场论战实际

上又未能彻底展开，所以，在指责完许知远是一个飞在天上的超人，总是在不经意间露出红内裤之后，在公开场合，大家实际上不可能说出太多东西，只能围绕着"大众"、"庸众"而展开讨论。还有作者如麦田等人声援许知远，声称韩寒实际上是在迎合大众，韩寒从没有触及"底线"，并且提出迎合大众，实质是迎合这个时代。

这些声音自然遭到反驳，资深评论人谢文尖锐地指出：所谓庸众，其实是精神依旧处于前互联网时代的精英知识分子对于韩寒和韩寒背后已经被网络启蒙的民众的一种蔑称，其指责韩寒迎合大众也是想当然而论。而知名媒体人笑蜀则把话说得很透彻：

"这正是公民社会的旨趣所在。它不是要对抗什么，不是要反叛什么，不是要颠覆什么。它不过是一个一个人的自我救治，不过是一个一个社会细胞的自我修复。……韩寒就在我们眼前，我们学韩寒就可以了。韩寒无非比我们高出半个头，至多一个头。我们使劲往上跳一跳，甚至只需要踮踮脚尖，也能达到跟他一样的高度。那么，我们何乐不为？"

关于韩寒的讨论实际上还延伸到另一层面，那就是对待青年的看法。青年是中国的未来，这群人状况如何，也就在某种意义上决定了中国未来状况如何。说法自然是有道理，不过，问题在于，一个时代的青年究竟是怎样一种状态，其实并不是两句话能够说清楚的。

这场争论在我看来终结于中国青年人的两种选择，一种是富士康事件，还有一种是南海本田汽车工厂的罢工，这两种极端积极和极端消极的态度，实际上都颠覆了许知远等人对于中国青年的想象，也预示了事情的复杂：韩寒影响的只是部分民众，部分青年人，那种一个思想影响一个时代的想象，实在是过时之论了。

京城再无王世襄

2009 年 11 月 28 日，王世襄先生在北京逝世，享年九十五岁。有关部门给王先生的头衔很长：著名文物专家、学者、文物鉴赏家、收藏家、国家文物局中国文化遗产研究院研究员、中央文史研究馆馆员……实际上，相对这些一本正经的语词，"京城第一玩家"可能是一个更贴切的称谓，而如果嫌这个称谓还不够全面，不妨在后面再加上"吃主儿"几个字，对此，已在天堂的王先生也许不会有太大异议。

王先生爱玩，少年时养狗、玩葫芦、养鸣虫、弄鸽子、耍大鹰、捉兔、逮獾；成年后玩书画、雕塑、金石、建筑、家具、乐器、漆器、匏器、竹刻、铜炉、金石牙角雕刻、匠作则例等等。他由"玩"而成"学"，最后成为一代大家，国宝级人物。实际上，晚清到民国，当时京城里，前朝风流新兴权贵，如王先生爱玩之人，不在少数，不过最后能够玩出王先生这般成就，如黄苗子先生所言"玩物成家"者，却并不算多。究其原因，除了王先生名宦之后、书香门第的家庭背景及其贵族身份，恐怕更要归结到他的勤奋还有他所受的现代学术训练，甚至一些更为复杂的东西。估计不少人都看到过王先生早年的那张照片，京城少年，身着猎装，手擎苍鹰，不知道是不是我的误读，这张照片里，王先生眉宇之间实在是有股读书人不多见的"彪悍"气质，甚至还有些"顽劣"。

就在王先生逝世前不久，他的朋友，著名翻译家杨宪益也离开这个世界。潘采夫在纪念杨宪益先生的文章中提出一个尖锐的问题：为什么不少今天的文化人对这样一位经历传奇、坎坷、悲惨到极致的文化老人，竟然不知不闻？我觉得，不妨接着潘采夫的思路问下去，对于名声显赫的王世襄先生，我们又真正了解多少？

王世襄先生在传媒与大众里走红是 20 世纪 90 年代的事情，而近年来的收藏热、传统文化热更是将王先生的声望推向又一个高峰。但是这些扑面而来的"盛誉"，却有意无意掩盖了王先生与大时代之间的某种真实关系：因为曾经为国民政府讨回抗战时期被劫掠的大量文物，王先生被关押十几个月，释放以后回到家中，被告知开除公职，需自谋生路；而在他下放改造之时，被今天人们津津乐道的

告别革命，告别爱情

文人雅士雅集之地芳嘉园，一下子拥进了八户人家，私家小院顿时成了一座大杂院。改革开放以后，王先生用十年时间跑房管所和"落实政策"办公室，让小院里住户减少到三家人，但最后还是因为不堪其他住户敲铁皮噪音之苦，被迫搬离，而在今天，芳嘉园已经先于它的主人在这个城市中消失，成为一个历史概念，供后来者遐想。

今天谈论王世襄先生，除了他的超然、洒脱，他的玩与吃，收藏与家世，不妨也记住王先生的"彪悍"，记住他是一个有坚持有强悍生命力，经历过时代波折的中国文化人，记住王先生在接受采访时描述自己的话："我很坚强，蒸不熟、煮不烂，我就是我。我有一定之规，一不自寻短见，二不铤而走险，全力著书立说，做对祖国文化有益的工作。我按照我的道路走，十年、二十年、三十年应该得到公正的认识，我能做到，这就是我的胜利。"

据说，中国将在 2015 年成为世界奢侈品消费第一大国，而培养"贵族"也成了今天人们热议的话题之一。但这些美好的蓝图，却无法掩饰今天日益粗糙的生活，想想王先生"爱玩"背后对生活的热情，再看看今天贵族想象奢侈消费实质上的炫耀财富，也许就会发现，我们今天，实在是有些过于苍白与琐碎了。

也说三国：一颗现代的心

　　四大古典名著中，《三国演义》是我的短板。说来惭愧，压根就没有完整地读过这本名著，几次咬牙切齿一定要读完以免此生空余遗恨，结果都是半途而废，甚至，有时恨不得建议权威机构把四大名著的名单调整调整，把《金瓶梅》——这本书我还是下过功夫的，恢复进四大奇书的行列，把我读不进去的《三国》剔除出去。不过，如果真这样做了，我不认为会对精神文明建设产生什么实质影响。而且，少了些兄弟如手足，女人如衣服，少了刘备摔孩子的计谋，诸葛亮出山欲拒还迎，少了些与汉贼势不两立之类的口号，说不定我们这个社会更美好些。

　　说白了，看不进《三国演义》，是因为接受不了作者的价值观，接受不了在这种价值观念左右下整部小说文字上猥琐的褒贬表达，我承认这是价值观偏见，因为这种偏见，一直到今天我还对那段历史一团迷糊。在微博上面看到一位兄弟用其丰富的三国知识纠正了某美女主持人关于刘备死后托孤、立夏日称阿斗的谬误传说，把我钦佩得一塌糊涂。

从这个角度，我要为电视剧《三国》叫一声好，为编剧朱苏进叫声好。曹操一泡尿的工夫刘关张就桃园结义了，这个处理深得我心。这也符合我玩三国游戏角色扮演的选择，先曹操，再孙权，都玩过了，没办法，才扮演一下刘备。据说三国人物中，国人喜欢刘备、诸葛亮，日本人喜欢曹操，韩国人喜欢赵云，如果这种说法是对的，我如此喜欢曹阿瞒，难道不成是与东洋人有眉来眼去、暗通款曲之嫌？还别急，仔细想想，这种好感是从小培养起来的，在没看《三国》之前我就看过了《蔡文姬》的小人书，里面曹操形象之高大全啊，其英明睿智和蔼可亲恩威并施有情有义文治武功诗情画意勤俭节约，简直是政治家典范，后来长大些我才知道，敢情这小人书其实是郭沫若老一出名剧呀，而且借这个戏，郭老要为曹操翻案。

这样看起来，朱苏进他不是一个人在战斗，他背后有新中国乃至从五四以来的为历史翻案传统，只是不知道他写剧本的时候，高希希导演导的时候还有一干演员演戏的时候以及大叔大妈看电视的时候有没有灵魂附体。不过从演出效果来看，起码吕布貂蝉没有，这事我觉得专门要给投资方和导演说道。虽然京剧中吕布就是"小生"，可这小生也不带这么奶油的。

《三国》我当然会坚定地追看下去，除了看价值观和特技，还因为有几个演员的演绎确实出彩，就目前出来的几个演员，除了陈建斌，那位扮演刘备的于和伟更是一大惊喜。在我看来，此人绝对是一演戏天才，一亮相就有当今个别副局贪腐官僚的味道。

中国电影二时代

评论家潘采夫最近出了本书，名字叫做《贰时代》，我一直觉得潘采夫给那本书取的名字很绝。在北方，说一人"二"，是说这个人又蠢又笨，还傻愣愣不会脑子急转弯，有股子撞了南墙也不回头的劲头。这常常让我想起一幅漫画，一群人在水里磕磕绊绊，旁边是桥，明明有桥为啥不走？有人满怀深情一脸坚毅：过河。

大概是为了证明潘采夫的远见卓识，这段时间中国电影屏幕上也书写了一个大大的"二"字。《叶问2》、《钢铁侠2》、《劲舞门2》，一堆续集、致敬、重拍的电影扎堆上映，如果用新闻联播播音员字正腔圆又有感情的普通话读读这些片名，叶问——二；钢铁侠——二；劲舞门——二……怎么听着都像是导演们集体对原作表达藐视。

当然，得承认，能被"二"的电影，自然有值得被"二"之处，世界电影，续集横行，把一部电影拍成电视剧的情况，也不是一个两个。就像影评人张小北说的，作为商业类型片，在市场上大卖之后，开拍续集顺理成章。这种情况在中国内地出现，说明了中国电影市场在商业性方面正在走向成熟，是值得祝贺的现象。但是事情可能还有另一方面，那就是看看当时的电影市场，除了二字当头的电影让人有些期待以外，大量的非二电影，出来一部被骂倒一部。而即使是二电影，比如《叶问2》，在看过之后也有复制色彩过分浓重之嫌。甚至故事结构，最后的高潮点都差不多，这些不免会让人心里有些不是滋味。当然，无论什么时候，只要一有中国人与东洋人西洋人打架，扬我国威，就免不了会有人像打了鸡血般亢奋，所以，叶问等等一众电影自可以这样打下去，哪怕这样重复重复再重复，背上不求上进不思进取的骂名。

我也知道，说中国电影人不求上进，实在是有些冤枉他们了，因为他们面临的中国电影制作环境绝不是一般人可以用正常逻辑理解的。

需要说道说道的还有一不带二字的二片——《三笑之才子佳人》，这部电影是挂着三笑的牌子来了把唐伯虎。我算是钢丝一员，可实在是受不了郭德纲拍的电影，虽然"电影市场好了"这话可以翻译成"此处人傻钱多速来"，可电

影毕竟还是电影，有它的规律，这样屡战屡败、屡败屡战
的劲头，是有些"二"了。

手机：差一点点经典

　　也许，如果不是那部电影版《手机》，电视剧版《手机》真可以成为经典作品。它有中国最好的演员陈道明、王志文在飙戏，有中国电视剧中难得一见的对于现实某种触摸和嘲弄，它对于婚里婚外男女各种或明晰或暧昧关系深入骨髓的洞察。还有，它是一部不那么弱智的电视剧，无论是语言还是人物思维或者人物命运，距离正常人的智力水准相差并不太远——除了伍月她妈怀揣着狗日的北京户口被一辆破车终结等不多的桥段外，大部分情节还算靠谱，而事实上，所有这些闪光之处，一部电视剧只要拥有了其中哪怕一点，就会是一部不错的戏。

　　从这个角度而言，《手机》无愧是一部精品电视剧。

　　不过，还是得承认我差一点没能坚持着看完整部戏，那是因为有电影版的存在。和足够好的电视剧版相比，电影版的《手机》明显更靠谱一些。而且，尤其让我不能接受的，相比于五年前的电影版，电视剧版却更像是 N 年前的一部作品，其中的各种人物不像生活在当代，却像在二十年前穿越回来的，比如费墨，比如严守一，还比如背着吉他远行的文艺女青年伍月。

先说穿越者费墨。电视版出现了关于美学教授的神话：陈道明版费墨是个自信满满言必称做学问的美学教授，还是个牛哄哄的电视节目策划人。我并不是认为这两个角色必然打架，搞了美学就玩不了电视策划；而是说，那种还执着于比较赵飞燕杨玉环柳如是美之异同的美学教授，估计是做不出来《有一说一》的，因为那套理论其实是太凹凸了，80 年代的美学教授们上点层次的都不玩那些东西了，居然到了 21 世纪还可以凭这个上电视一炮而红成为学术明星？这个有些过。有人说费墨身上这个故事有易中天老师的影子。是，易老师是美学出身，他和邓晓芒合著的那本美学理论著作堪称经典，不过易老师早就不靠啥美学出名喽，人家现在是文化学者，品《三国》专家。

所以，陈道明版费墨，怎么看都不像是今天的美学教授，倒像是民国时的方鸿渐和 90 年代小公务员版小林的混合体，这个混合体穿越二十年时间来到互联网时代的中国惊世骇俗，还享受到了许知远所谓的"庸众的热烈欢呼"，而且能出淤泥而不染，对自己成名充满了批判反思，尤其不靠谱的是，费墨教授始终有个要一心扑在学术上的梦想——美学是学术吗？难道李泽厚所谓思想淡出学术凸显中的思想没包括他看家的美学？

更不着调的是，费教授居然还随手带着打印的书稿，求着出版社出版。编剧真是太不了解中国高校发展最新状况了，您知道现在一个课题多少钱吗？即使不是和官媒打得火热享有大名的学术明星们，就是在体制中如鱼得水，混个教授名头的不入流学者们，谁还缺那点出书的两三万块钱？这个细节也太一地鸡毛了。所以，我觉得还是张国立版费墨看着对路。就除了一条，学界业界两边通吃的教授，玩起潜规则来怎么会这么生涩？开房都不会，简直侮辱学界智商。

还有一个穿越人物是严守一。把严守一整成一个这样忍辱负重德艺双馨的艺术家是不是多少有些过了？特别是对比葛优版，王志文版的境界简直可以去做劳模了，嗯，难道这只能说是几年过去，严守一的思想水准进步了？

《新京报》有篇评论，说这个电视剧是民粹情节上对现代展开的批判，是民粹的胜利。这评论很到位，其实想想最近几部戏，无论是《老大的幸福》还是《老牛家的战争》，背后都隐隐约约看出这个味道，不过，相对于"民粹的胜利"，关于这部《手机》，更准确的说法可能是：伪民粹的不靠谱胜利。因为所谓民粹，并没有颠覆霸权，反而是一再重复民粹与权力之间的血肉关系。

在我看来，电视版《手机》与电影版最大的不同在于，电视版中，虽然充满了对于资本与传媒的批评，也不时掠过当下的某种阴影比如毒奶粉，比如选秀阴谋，可是，虽然我们的生活被威胁，我们感到恐惧，但是仅仅是恐惧而已。所有这些都仅仅只是一个传说。仿佛我们只要彼此信任，有一点点耐心，所有罪恶，都会烟消云散。

非诚勿扰：用女权的方式表达男权

估计不少男人看了最近流行的相亲节目，如《非诚勿扰》、《我们约会吧》、《为爱向前冲》之后心里面多多少少都会嘀咕，如果面对一群目光如炬的女人，究竟会有多少盏灯为你而亮？据说，其中最火的那个《非诚勿扰》连朔爷都跃跃欲试了，此类节目在今天的影响力可见一斑。

从技术的角度，这类节目，最好看的是江苏卫视那个《非诚勿扰》，虽有抄袭之嫌，但难得把握住了电视真人秀节目的节奏，有点美剧意思。两个主持也好，特别是孟非，符合当下，迎合潮流，而且坚持传统，理性宽容。这和他主持《南京零距离》这档民生节目有关。我一直觉得在中国娱乐时政和民生是相通的，因为正襟危坐和娱乐至死是这个时代的双重面孔，这一点上，孟非证明了我的判断。

关于这类节目最大的争议，也是最不靠谱的争议是关于价值观层面的，所谓这个节目宣扬一种很贱的价值观，拜金、崇富、不爱国、不尊老爱幼、不热爱传统文化，颠覆中国人的爱情观，等等。可能确实是被这节目刺激了，才有了现在观者如潮骂者如云的盛况。

不过，我对于一切寄希望于借助谩骂、权力来改变他人特别是女人的价值观念的想法表示怀疑。要声明，我并不是认可那些找抽女嘉宾的价值观，比如"在宝马车里哭泣"，"只让月薪二十万成功男人握自己的手"之类，但是我要说，那种寄希望于借助权力抹去这些不正确价值观的想法本身是不现实的。用一句很哲学的说法，《非诚勿扰》只能恐惧那些会被它恐惧的人，愤怒那些会被它愤怒的人。事实上，虽然其中的有些价值观有些不靠谱，这个节目的价值观并不低于这个社会的平均水准。

在我看来，相亲节目刺激人之处，也是其最有价值之处，在于将现实中国社会中男人女人的撕咬放到台面上，而就在这撕咬的过程中，我们社会的某种潜行的规则也被放在台面上曝光了。这撕咬曾经被传统压抑，却终于在21世纪的今天展现在我们面前。这种撕咬也只有在今天才能摆在我们面前。因为今天我们已经告别革命，今天我们习惯了嘲讽，我们知道哪些东西才是靠得住的哪些东西注定是说着玩的。这不就是我们今天的生活吗？不崇高，甚至被称为低俗，而一切，最终以娱乐的面目出现。

比如，我最先看到《非诚勿扰》是因为网络上的一个视频，一个叫王豆腐的英国小伙被惨遭淘汰，这个视频在网上转来转去被用来证明中国女人，或者更准确地说，出现在《非诚勿扰》节目中的中国女人们鉴赏力低下。

既然是两性间的撕咬，所以相亲节目就成了一个秤，一个可以衡量一切男人女人的秤。这秤也不仅仅是属于"娱乐"业。最让我意外的是《非诚勿扰》王磊那一集，当前摇滚歌手、著名乐评人王磊出现在二十四个女人面前的时候，原本清晰的世界，娱乐与文艺与其他与原本并行的世界模糊了。可仔细想想，在现实世界里男人女人的角斗场能分清楚吗？文艺圈大腕不一定不愿意和一个物质无品味无气质的女人上床，因为在床上除了谈艺术时政，大家可能更愿意谈谈别的干点别的。

可能是因为陌生，我几乎认定节目里头这二十四个女人就是当下中国年轻女孩的写照。听不懂王磊的比喻，估计也理解不了朔爷的幽默反讽，可能也从没有太关注过韩寒，但所有一切不妨碍她们自我感觉良好，拿无知当个性，《非诚勿扰》为她们建立了一个小小的伪女权空间，表达出来的，却是建立在实际男权的现代性体制提供出的女人的价值。

大师远行，映现时代苍白

　　吴冠中先生驾鹤西行，中国少了一位世界级画家，一位甘于清贫的艺术思想者，一位敢说真话又能够说真话的老人，让人深感痛心。吴先生所在的清华大学在他名字前面加上了"杰出的艺术家，艺术教育家，中国共产党党员，第八、九、十届全国政协委员，中国美术家协会顾问，法兰西学士院艺术院通讯院士，香港中文大学荣誉文学博士，清华大学教授"这般长长的头衔，但实际上，民众心中的"大师"两个字，就已经足够分量了。而另一方面，读过吴先生文字的人和熟悉吴先生经历的人还可能会赞同，艺术界"孤独者"这一评价则在另一方面更契合吴先生一生的经历和他的现实状态。

　　在我看来，吴先生的孤独可以说是多重的，首先，他的孤独是一个有良知的艺术家、知识分子在这个时代必然遭遇的孤独。他死后被冠以的头衔与他的言论，例如对大学教育的质疑乃至对于理性化的现代知识谱系与教育体制的批判，形成了某种具有荒诞意味的对比。但这对比却也构成了一个绝妙的隐喻，一个致力批判的艺术家、思想者在其生命终结之后，人们却发现他始终无法摆脱那些他批判的东西，就这一点，无论是"我负丹青"还是"丹青负我"，对于个体而言，都不能不说是一种"孤独"。

其次，吴冠中先生的孤独还表现在他的几次人生转折上。吴冠中先生经历了几次人生转折，一是十七岁被艺术吸引，偏离家庭设计的人生轨道进入艺术创作领域；二是三十岁时，毅然选择回国，与他的两个同路人赵无极、朱德群分道扬镳；三是归国后不追逐流行的社会主义现实主义风格的作品，坚持他在杭州艺专以及海外求学所形成的抽象绘画风格而一再被主流打压、排挤。这几次转折，在我看来可以视为吴冠中先生为走向艺术、实现内心追求而不断放弃现世生活品尝孤独的过程——即便是"回国"这一政治无比正确之举动，实际上为了艺术而非其他："艺术的学习不在欧洲，不在巴黎，不在大师们的画室。在祖国，在故乡，在家园，在自己的心底。"当然，似乎也可以认为"祖国"和"艺术"本就是一体，可是，同样无法否认的是两者的差异。在吴冠中先生晚年将画作捐献给新加坡，被部分民众称为"不爱国"的时候,吴先生说:"我的作品属于世界人民,不管哪个国家,他们诚心诚意要并能展示出来,都可以给。""艺术家有国界,艺术没有国界。"

最后,吴冠中先生的孤独更集中体现在与立场相似者的交锋中。李公明先生曾经指出吴冠中先生的思想言论存在某种不彻底性,实事求是地说,如果以鲁迅或者公共知识分子的角度而言,吴冠中先生的言论落脚点,尚没有脱离"艺术"而真正进入公共领域,是让人有些遗憾的,而吴先生所看重的鲁迅效应、社会承担,其实际效果和他的绘画造诣相比,确实薄弱了些。吴先生最后也没有成为他最尊敬的鲁迅。

当然,这不是大师之过。当年,那位十七岁少年遭遇艺术之神,审美对于他已经成为"信仰",虽然他的画面语言还一直保留着与大众审美的某种联系而完成着艺术启蒙的使命,但是这种启蒙放到今天,实在是有些奢侈了。大师远去,凸显出的其实是这个时代的苍白。当我们尚无法拥抱基本的"真"和基本的"善",以"美"为宗教价值的艺术家,只能是寂寞的。也许,未来吴冠中的意义会在他身后不断显现出来,而这显现的过程,也正是我们告别苍白的过程吧。

大学城是个岛

一

节前，广州大学城新推出的两个地块被越秀城建集团拍得，新的番禺地王相隔几个月后又一次诞生在小谷围岛。自此，大学城今年拍出的四块土地，全部被这家国有房地产企业收入囊中，越秀城建，已经成为大学城的新"地主"之一。

近8000元每平方米的楼面价格，意味着随后建成的商品房价格至少要15000元每平方米，再加上装修，和无法给出上限的、地产商对于利润的疯狂追求，最后价格会是多少？两万？三万？答案还未可知。但在这个荒岛上，这样的天价，正在成为逐渐压来的现实。

不可否认的是，"楼王"效应已经生效：正在岛上施工建设的"大学时光"，曾经风传价格为8000元左右，而日前据搜房网爆出的内幕消息，定价初步已达到 13000 元甚至更高。这是一个商住两用的、只有 40 年使用权限的酒店用地，当年方圆地产竞得时，楼面价格仅为每平方米 2500 元。善良的人们一咬牙，按照高出行规三倍的价值估算出房价为 8000 元，看来还是离认清形势颇有差距。而此时，大学城对岸，著名的雅居乐正在策划一个由别墅和江景洋房组成的超级大盘，当记者就坊间传闻是否高达 20000 一平方米进行求证时，销售总监笑着反问："有这么便宜吗？"

不知不觉，我在大学城已经居住了四年多时间，2005 年，我来到供职的学校。那时的大学城，路边的树都是刚种上。广东这地方真是神奇，树木一年四季都在成长。到今天，已经有模有样了。当时的同事们，向往着能够在市里的校区讨要一间宿舍，哪怕奔波，但这意味着你能拥有城市的生活，而大学城，实在是太偏僻了。对于没有门路在五山本部搞到房子的我们，戏称自己为穗石村村民。后来我曾经主持过一个研究生的学术论坛，干脆就取名叫做"燧石论坛"。这是我们才子院长取的名字，"燧石"，其实就是"穗石"的谐音。

当时的大学城没有地铁，仅有的公交线路，一个小时一班，错过一班车，就只能等。新建的树木，都细而矮，要在阳光下曝晒好长时间，才盼来下一趟交通工具的到来。还好，那一年年底，大学城通地铁了，通车那天简直就是个节日，虽然是半小时一班，但是，这个孤岛似乎被注入了都市的气息，虽然仅仅一点点。我终于开始意识到自己与广州的距离，其实不算那么遥远。

其实，一直到今天，大学城的交通依然不便，晚上十点过后回来岛上，常常只能破费一笔钱来打的；而出岛，则更是困难，因为客流量小，的士很少在这个岛上出现，就算早早预约，也常常没有回音。当然，真有紧急状况，还是可以麻烦有车的同事，以及110、120，但是，这仅仅是紧急状况，并非人们的日常生活。

夜晚的大学城成了孤岛，据说，因为领导重视，有二十四小时的治安巡逻，实事求是地讲，大学城治安状况要比"广州"在国人心中的形象好很多。我印象中一直到去年，才有了盗窃等大的案件发生，至于是不是有些事情发生了却没有爆出，这就不好说了。

想想，刚来大学城的头两年真是生活得"奢侈"：空旷的现代、后现代风格的大楼，没有人行走的马路，不知是为谁而亮的路灯……一到晚上，漫步在这样一个城市，几乎碰不上人，这在中国、在广州，简直有童话般的感受。

当时，我常常和同样算是年轻的同事，走上十几分钟到江边，坐船，就为了一顿晚餐，为了能在江边，对着月亮吹吹风，在老鼠乱窜的大排档里，一群人觅得一醉。然后摇晃着，花更长的时间走回去。

就在这种"奢侈"生活正在进行的时候，广州的房价开始起步，以加速度，奔向一个未知的高位。有时候想，如果那时有一笔启动资金，可以买楼卖楼，到今天，可能生活也会轻松一些吧。但是，再仔细想想，根本没有可能，这些在今天回看起来非常低廉的房价，在那个时候，依然昂贵到与我等青年教师无关。

另外一个问题：教师，或者更具体些，大学城里的这些高校教师，是不是属于高收入阶层？这似乎成了关于大学城要不要为老师建经济适用房争论的焦点。在我看来，这是一个伪问题。

中国高校教师收入差异之大，已经超过可以构成一个独立阶层的范畴。即使同在一个大学城，不同的学校，不同的学院，不同的专业，不同的职称，收入差异之大，足以区分成几个不同的阶层，或者换成一个更为火爆的词：阶级？在新浪论坛上，因为争论，有老师出了工资。有大学城某所著名师大行政管理学院的老师说自己年收入三十万，并质疑那些喊穷的老师是不是太懒惰，不积极申报课题。我相信他说的收入是真的，但对他的质疑不以为然。中国今天的高等教育在某种程度上陷入绝境，无法承担大学应有的使命：科学探索、社会批判，培养有德行的公民——这些当然不是教师们造成的。而在这样一个教育的绝境中呼风唤雨，洋洋自得，这种形象，着实令人生厌。

我以前写过一篇小文章，提到大学老师收入问题，举民国往事与港台的例子说现在中国高校教师的收入低，有朋友教育我说："民国时候教授少啊，当然可以高人工，现在的教授一砖头砸死仨，丫的你还幻想四合院、出入有车，美不死你。现在教授的数量，大约和民国时期中学老师相等吧。"

这种说法挺耳熟，却掩盖了事情更为本质的方面。对于这位朋友的说法，我做了这样的回复：现在很多教授，水平比民国的中学教师差远了。但这不是关键。我也没幻想四合院，我幻想的是大学精神和大学实体的真正回归。说到人工，现在人工也太多了：一所大学，号称教职工一万人，登台讲课的教师可能也就 2000 人，其余为何？党政几套领导班子、后勤、财务、计划生育、学生工作……平均下来，一名教师，往往配套着五名行政人员，后者不仅在

告别革命，告别爱情

125

有限的工资总额中占据了大头，而且在机构运作的各种小甜头里，占尽了先机。

问题还有更麻烦的一面，那就是，现在已经有不少人把现状当作永恒，把一种扭曲当作常态，把经验当作先验，然后，乐做不断转圈的仓鼠。

对某些朋友而言，下述事情似乎是不言而喻应该存在并且会永远存在下去的：学校与学子的精神家园之间不必有什么联系；学校就应该行政机构繁多、体态庞大；学校当然应该有功能齐备的配套机构；在中国高校上课，当然应该上课有规范；学生后面当然应该有辅导员规训着他们的生活。

这些朋友会说，这就是中国，本来就是这个样子，可我总觉得，中国，不应该是这个样子。

是什么样子和应该怎样，是两个不同层面的问题。

回到教师收入问题上来。教师收入的差异，实际上又是无数有中国特色的社会现象之一。高校教师的收入，分为几个组成部分：国家给一部分，各省、市给一部分（这些加起来由学校发放），另外还有更重要的：学院创收，再然后，是教师个人通过课题、项目以及其他方式获得的收入。学校是省属还是部属这一身份差异，就已经有了收入的差异。另外的差异除了个人课题，最重要的部分，也就是真正制造高校教师收入差异的大头，是学院创收。距离市场近些的专业，赚钱相对容易，而那些不能在市场上尽快变现的专业，就殊难转化为现实效益了。这就是为什么同样一个学校，同一级别职称，收入差距依然巨大。举个例子，前段时间被喊去参加花甲之寿的堂会。同样的活动，风传有学院为每位参与教师奉上辛苦费数千，有些学院数百，而有的学院一分则无，大家聚在一起喝酒拍胸脯了事。话说回来，并不是所有冷门专业均创收困难，老牌院校文史哲亦有门道——多生产文凭：从自考到研究生，甚至博士，市场也还不小。最难的是那些新办的冷门学院，常有行到水穷处，坐看云起时的感受。

二

　　除去种种不方便，大学城真是美丽。我是北方人，在这里走进南方野生的竹林，中心湖远远望去在小丘掩映中明亮透彻，还有南方特有的祠堂，不知道是不是所有岭南特色的建筑，都令我这个异乡人开眼界。

　　就是中心湖边的这几栋祠堂让我对大学城有了新的认识。一天中午，和一位《新快报》做编辑的朋友午饭后散步，

这是我第一次走近那些祠堂，沿着铺好鹅卵石的路，经过那个祠堂，才能到湖边。既然路过，就去看看这些岭南建筑吧。不知为什么，高大的祠堂周围，搭了好多帐篷，破破烂烂，但里面似乎有人居住。正走着，意想不到的事情发生了。

七八条狗不知从哪里蹿出，把我们围住，盯着我们。

原来，这里是拒绝拆迁的村民落脚的地方。相对于北方，南方农村宗族传统保存得更完善些，房屋被强制拆除了，他们守护在自己的宗祠前，看着自己的土地，村庄消失，成为现代化的大学城。为什么祠堂没有被拆呢？原来，这几栋历史久远的建筑，是作为未来亚运场馆附属的岭南风情。

2007 年，大学城第一块商业用地被拍卖了，这就是后来被认为是开大学城房地产事业滥觞的"大学时光"。方圆地产以楼面 2500 元每平方米的价格拿下了大学城商业地产的第一块土地。这块地的用途是旅馆商业用地，并非居住用地，所以，这块地只有四十年的使用权。

三年的时间，在孤岛上汇聚起来的十余所大学，已经开始生根，被剥离开自己的母体之后，开始聚合起一种新的校园文化形态。每当我赶到五山学校本部，去办一些被要求办的行政手续，总是感觉自己置身于一个陌生的学校。

那个接管了民国中大校园的学校，和我其实没有什么关系。

民国中大的校名牌坊被放置在五山与广园快速路交接的地方，邹鲁先生题写的校名"国立中山大学"几个大字已经被抹掉，换上我们熟悉的"为人民服务"。而今天中大的校园其实是当年的岭南大学。

这种校园置换的故事不仅仅发生在广州，院系调整，教会大学解散，拆了分，分了又拆，高校、大学，安静的时候实在是不多。

时代是否追上了曹禺的天才？

　　今年是曹禺先生诞辰一百周年。据《新京报》报道，为纪念这位著名戏剧家，北京人艺再度召回了胡军、徐帆等众多明星，准备演出四部大戏，也就是曹禺先生最著名的四部作品：《原野》、《雷雨》、《日出》、《北京人》。这四部戏中，最引人瞩目的是大剧场版《原野》，《新京报》报道称，《原野》特邀老导演陈薪伊执导，濮存昕、吕中等老中青实力派演员共同演绎，"势必再次打造一部经典之作"。

　　据说在曹禺先生的几部作品中，《原野》是最难诠释的，这部作品受到了美国剧作家奥尼尔《琼斯皇》的影响，用表现主义手法显现出人性潜意识的种种冲动扭曲复杂，问世之后，在话剧舞台上每次演出都是饱受争议，曹禺自己也说过："对一个普通专业剧团来说，演《雷雨》会成功，演《日出》会轰动，演《原野》会失败，因为它太难演了。"而北京人艺在"犹豫"了几十年后，才将其搬上大剧场。

这也成了本次纪念曹禺话剧演出中最引人瞩目的一出。

学过现当代文学史的人都知道一个概念——曹禺现象。这个概念是说，曹禺的创作一开始就几乎达到了顶峰，一个大学生的戏剧创作习作一下子成为中国现代文学戏剧的巅峰之作。进入历史新时期后，曹禺先生依然有作品不断问世，但是那些作品，用今天的眼光来看，恐怕只剩下史料价值了，对此，曹禺先生在生前可能也有所认识。梁秉堃先生曾经撰文记载了曹禺先生一段故事，美国剧作家阿瑟·米勒来华，在北京人艺执导他的名作《推销员之死》。曹禺先生请他到家里做客。在吃饭之时，曹禺拿出画家黄永玉写来的信，请英若诚一句一字地翻译给了阿瑟·米勒听，黄永玉在信里说：

"你是我的极尊敬的前辈，所以我对你要严！我不喜欢你解放后的戏，一个也不喜欢。你心不在戏里，你失去了伟大的通灵宝玉，你为势位所误！从一个海洋萎缩为一条小溪流，你泥淖于不情愿的艺术创作中，像晚上喝了浓茶清醒于混沌之中，命题不巩固，不缜密，演绎、分析得不透彻。过去数不尽的精妙的休止符、节拍、冷热、快慢的安排，那一箩一筐的隽语都消失了。"

在我看来，曹禺先生相较于其他人，其实更有某种典型意义，这个典型意义在于，作为不世出的天才型艺术家，他始终充满了对自己的疑惑，自觉用一种更权威的，更"正确"的声音引导自己的创作。

只是不知这次的《原野》，是否能够被观众真正理解，几十年过去了，在大师百岁之际，我们的时代，是否追上了他的天才？

为什么我们都是艺术家

后奥运时代的当代艺术：
仿像社会的奢侈品？

奥运会是中国的胜利，也是中国当代艺术的胜利。中国当代艺术在折腾了二十多年以后，终于粉墨登场，登堂入室。蔡国强、沈伟等人在老谋子带领下为中国当代艺术正名，更有媒体爆料奥运会开幕时蔡国强在他的北京四合院里大宴宾客，中国艺术界牛人不分老中青左中右济济一堂，回过头来发现都是一个世界，一个梦想。虽然曹诚渊在《明镜》写文章大呼，奥运会开幕式上的一群舞者在白纸上滚来滚去的泼墨山水在精神层面并非现代舞——其实我当时看到此处的第一反应是，编导的灵感肯定来自于周星驰版《唐伯虎点秋香》中唐伯虎为祝枝山还债所作的那幅不朽之作，只是奥运会的编导没有胆量为画面增加些小虫子啥的，但是这位中国现代舞之父的声音实在是微弱，有谁还在关注精神层面的东西？在现在的当代艺术看来，形式即意义即精神即金钱即财富即小妞即高尚生活即北京的潘石屹 soho 广州的时代地产深圳的华侨城。所以，想到中国当代艺术，我们这些外行脑子里闪现出的是形式、形式、还有形式，闪现出来的是赵半狄的熊猫、吕胜中的红色剪纸小人，是岳敏君大笑的男人脸、张晓刚面无表情的家庭照片、方力钧的光头、王广义的革命宣传画加资本主义 logo。2008年9月，中国当代艺术的这些天皇巨星齐聚深圳华侨城，叫我大饱眼福：在领导讲话的时候，方力钧用照相机近距离对着张晓刚的脑袋一阵狂拍，王璜生斜背着相机汗流浃背，我前面的那个洋大妈系纽约现代美术馆馆长助理，名人，全是名人。

2008年9月1日这一天会以怎样的面目进入中国艺术史的叙述？是为后奥运时代的中国产业转型之创意与设计单元注入当代艺术元素灵感，还是后现代转型最后完成移花接木终于修成正果加入到盛世狂欢的众声喧哗？深圳的三个展览开启了中国当代艺术，弥合了艺术与生活——更准确地说，是高尚生活——的裂痕，解决了日常生活审美化的美学难题，为艺术向 Party 转型敲响了前奏，或者，是一个一直被误读的王广义终于回到祖国妈妈的怀抱在中国的南方第一次开个展？也许这一天就是这些元素的混搭、移植、拼贴，也许这一天给中国当代艺术史上留下来的是一次派对事件。在我们眼中王广义身份暧昧。他曾经是通过政治波普解构威权的先锋艺术家，曾经是被西方商业社会认可的消费主义时尚追随者，奥运前他似乎又成为一个肤浅的民族主义者。不过，只要看完展览，也许我们就会发现，我们心中的王广义距离真实的王广义的确非常遥远。这叫我想起前不久逝世的索尔仁尼琴。曾经某些中国知识分子心中的民主斗士，持不同政见者，自由主义者，这些帽子多半是中国思想界一厢情愿的想象。因为我们曾经很难理解，除了左与右，黑与白，世界上还存在着各种各样超出二元对立范畴的各种各样好玩的事情，比如索尔仁尼琴的斯拉夫主义，比如王广义彻底虚无的中性和"无立场"。

"无立场"不是指"没有立场"，而是指反对某种固化的思维定势和偏好，指通过构造某种"中性"的关系使事物呈现出更为多重和开放的"可能性"。王广义提到的那位哲学家朋友赵汀阳是这样表述"无立场"的：

"无立场说的是所有立场都各有各的用处，所以必须在不同的地方用不同的立场，而不是拒绝任何一种立场。也就是说，无立场仅仅是剥夺任何观点的绝对价值或者价值优先

性……'无立场'思维首先是反对自己偏好的思维，当把自己的偏好悬隔起来，使之不成为证明的依据，然后才能看见别人、听见别人进而理解别人。"（黄专《视觉政治学，另一个王广义》序）

我丝毫不怀疑王广义一直坚持着自己的思考，一直很努力地用他的艺术呈现出对政治、对文化、对社会的关注，我同样毫不怀疑王广义已经成为经典，他的思考没有能够与时俱进，超越时代、历史乃至自己给自己划定的藩篱。"成为经典的王广义已经过时。"策展人黄专说得很对，王广义无立场，但这并不必然意味着王广义能够听见别人、理解别人，虽然海德格尔意义上的"聆听"是"无立场"必然的逻辑归宿，不过这并不适用于王广义，因为王广义并没有真正的"无立场"，他和他所处的时代，和他的青春期记忆存在着过多的纠缠，这种纠缠使王广义的思考始终温情脉脉，拖泥带水。不管是他的东风金龙汽车，还是冷战美学主题下的防空洞、恐惧状态下的人群，挥之不去的是令人窒息的暧昧，如同梦魇。这一点上他的评论人其实很清楚，所以一再告知人们不能过于认真看待他对这件作品意义的描述，王广义真正感兴趣的是各种话题："冷战"、"唯物主义"、"核恐惧"、"体制"为他提供出来的刺激他视觉反应和话语表达的空间和机缘，在人们的种种谈论中随遇而安地衍生出更大的意义能量，这些他称为"美学"的东西使王广义在深邃的博伊斯与媚俗的沃霍尔之间找到了自己的位置而成为大师：拥有自己的形式语言、拥有自己的话题思想。只不过，他的思想和语言相互依附。这是个高明的策略，既避免了其作品成为某种哲学思潮的艺术图解，又使他能以视觉政治学的面目卓尔不群，不断被大众误读，被西方认可。

张培力从杭州照搬了一个制衣车间运到深圳，成了他的现场作品。他不但搬来了车间中的各种设备，甚至搬来了工人在车间喝水的热水供应器和各种各样的垃圾。不过如果把这个车间放到东莞可能会更好些，这件作品的意义并非张培力自己认为的剥离声音："《静音》之所以叫做静音，是因为我们尽量把声音剥离开来，录像是没有声音的，制衣现场也是没有人的，灯光也几乎关了，寻找一种荒废的或者过去时的感觉。"作为现场效果的一部分，长三角与珠三角空间的错位与重叠是最震撼我的地方：中国繁荣背后的深层次全球化谱系的卑微位置与现实处境。城市与乡村的痛苦分割——而且，这些不是过去时。

至于"声音"，中国人在当代的生存困境之一恐怕也不

是静音，如果真能静音，世界也许不是被解构，而是"是其所是"地显现出来。种种缺憾使"静音"只能成为一件漂浮的作品。同样漂浮的还有以"移花接木"命名的中国当代艺术的后现代方式艺术展。这实在是一场精彩异常的展览。说它漂浮，不是说其中的作品，而是说它的策划和主题远远落后于参展的艺术家和作品。按照策展人的说法：中国当代艺术的后现代方式的最主要的特征表现，就是针对中外传统经典概念、范畴，以及中外美术史上的经典之作给予挪用、戏仿、整容与篡改。但是后现代主义除了解构性的一面还有建构性的一面，除了德勒兹、利奥塔的后现代主义还有大卫格里芬的后现代主义。当然冯博一可以推说他关注的只是艺术品存在的方式或者形式，但后现代仅仅是一种方式吗，曹晖《美术史的女儿们》——这次展览中最震撼我的作品，它的价值绝不仅仅是对马奈《奥林匹亚》的戏仿。

也许，后奥运时代中国当代艺术真正的不朽之作是在这三个展览之前出现的 iphone Girl。作为一次事件艺术，iphone Girl 具有彻底的后现代艺术特征：对作者、艺术品自身的解构，在传播中意义的无限生成，对现代社会运行规则非人道的彻底揭示以及用艺术精神对现实的批判。全球化的工业大生产与对艺术的奢侈消费成为仿像社会的人妖两界，在前一个世界中，第三世界的人只是廉价劳动力的符号，他们被这个世界小心翼翼地藏匿着，只能以抽象的群体出现，而在后一个世界中，产品的制作是显现的。显现的意义并不是其他，而是作为产品独一无二的证明，作为个性消费的凭证。有创作者印记的产品在这个仿像世界中是奢侈品。iphone Girl 用一个少女的照片冲破人与妖的界限，从一种大众商品上呈现出资本运作背后的用手工作的劳动者，艺术和技艺在被现代社会割裂以后终于通过一次偶然事件重逢。揭破仿像世界中人们生存的现实困境：劳动、异化、全球化背后的不公平、非人道……在 iphone Girl 面前，很多的中国当代艺术也许不过是仿像世界的奢侈品。

广州三年展：

告别后殖民，去寻找有翅膀的中国人

今年广州三年展有一个非常有学术味道的名号：告别后殖民。它会让很多观众觉得莫名其妙，却叫我倍感亲切——因为后殖民主义作为一种时髦的理论，在中国思想界、文艺理论界和艺术创作领域很是领了几年时代风气之先。我读书那会儿，后殖民理论以所谓的"学术前沿"面目出现，当时四川大学有个教授据此理论审视中国当代的文化、思想，特别是思想的载体"语言"，发现我们的文化只有一地鸡毛，于是大声疾呼中国人已经患上"失语症"，在文化思想上沦为西方文化的殖民地。丧失了自己语言的中国文化无疑是危险的，当时还在读硕士的我一时感到肩上承担起了前所未有神圣重担：复兴中华民族文化，回归传统，在全球化的今天寻找我们自己的民族品格。这种新的学术范式和 20 世纪 90 年代特有的民族主义情绪混杂在一起，成就我们这拨 90 年代成长起来的青年读书人特有的变态情结：在东西的对峙中用西方的话语为东方张目，用洋人的语言来证明自己文化的伟大。我作为一个好学不上进的青年，那段时间也是言必称萨义德、阿赫默德、霍米·巴巴。写论文总是一串很长很长的注解，必有英文和古文，必从冷僻的古书中找到西方最新最时髦的理论依据。我们满怀希望，希望真正的学贯中西的大师从身边出现。却从来不去想这些西方的后殖民主义者们其实有他们自己的特殊背景和现实政治诉求，也从来没有反省一下自己究竟还是不是一个有独立思考的知识分子，自己这些被牵着鼻子走的思想究竟是不是自由思考之后的严肃选择。

十几年后，回过头来看，后殖民主义，包括比它包容性更大的后现代主义在中国的兴起，恰恰也是中国知识分子沉沦书斋、精神扭曲的开端。时至今日，后殖民、后现代的观念已经学术主流话语，部分学者们更加书斋，学术语言更加晦涩抽象，视野更加狭隘，民族主义情结更加诚挚——几个月前参加中国传播学年会，北京大学某位传播学副教授在大会上朗读了一首诗，大意是我们封闭的时候，你们逼着我们开放，当我们真的要走向世界，你们却又欺负我们。这丫头读诗的时候双腮绯红，两眼放光，大概是被自己感动得快哭了，叫我在下面顿生惜香怜玉之感，可等到她朗读论文，又在大段大段引用布尔迪厄，这劲头和咱们的爱国留学生在法国用法语发表爱国演说有一拼。

所以，这次广州三年展，作为中国最著名的当代艺术展览之一，其突破之处可能不仅仅在于广州二沙岛上美术馆内外陈设的光怪陆离又有些破破烂烂的艺术品：邱志杰的那辆陆虎是我见过的最颓废的一辆，天知道他还能不能把这家伙再从广州鼓捣回北京；而刘大鸿的《马上信仰之所》，简直是在重建艺术家霸权。所有观众都必须从他那个巨大的散发着难闻气味的个T字形帐篷进入三年展展览现场，帐篷上的窗户分别由二十四节气幻灯片构成，每扇窗户包含一个1949年以来的重要人、事和节气；与红门相对的《祭坛》是由二十幅浮雕组成的信仰屏，并播放着视频《马上信仰》；刘大鸿的作品一贯流露出诡异的如同梦魇的气息。前段时间在深圳，我就在他《堂》系列面前后脊一阵发凉。这家伙的作品怎么有林正英鬼片的效果倒是值得深入研究，不过逼着观众承受这些恐惧和糟糕气味，实在有些过了。广州三年展的特别之处在于，以一个抽象的概念，把中国当下分裂的、鸡犬不相闻老死不相往来的艺术、学术和政治重新搅和到一个场域之中。

我更愿意把广州三年展视为一个很长的、以现场展览为中心的有时间和空间跨度的事件艺术，或者博伊斯意义上的社会雕塑。这个社会事件艺术真正精彩的地方除了现场展览，就是策展人用"流动论坛"的形式将话题带到伦敦、广州、杭州、上海、北京、黄山、香港等地的重要学术机构，在北京大学像模像样地开座谈会，让我曾经以为深陷书斋、以为凭借学术语言就可以洞悉人类生活真理、指导人们生活方向的学者们遭遇艺术品，与艺术的思考碰撞——作为时代精神最敏感的触角，艺术家们已经开始表达对"后殖民主义"的反感。

艺术家对于后殖民主义意识形态的批判来自于中国改革开放，来自中国融入世界的程度，时至今日，在所谓"后殖民文化语境"成长出来的青年已经进入了中国当代历史的叙事，按照后殖民主义者的看法，他们身上背负着原罪，似乎注定要经历悲剧性命运。可这种预言和他们自己的生命体验南辕北辙。用他们的话说，这一代人对于西方语境实际是不陌生的。他们从小接触的无论是音乐、电影还是电视等一切文化都已经有了西方的系统介入和渗透，对于所谓的殖民文化、侵略文化，不再尖锐，不再激烈，这一代成长的环境浸透在西方文化的影响中，往往无法辨认哪种形式是本土哪种形式是外来，从小接触的并且喜欢的艺术形式，比如电影、电视、实验艺术等等，很难被臆想为"外来的侵略"，而仅仅是可能形成"我"的或者个体的表达方式和语境。也许等这一拨青年人成为主流，后殖民的伪命题终于成为历史，中国作为一个具有平常心的文化体，才能真实地面对文明的共同和差异、交流与冲突。这也许也是香港艺术家张韵雯《问空明珠》的创作意图：一个由焦炭片、煤炭片制成的超大尺寸的圆球在灯光的映射下远看像一粒大明珠。圆球上的音响装置密密麻麻拥挤着各种语言。通过很小的缝隙我们可以窥伺到圆球内部是一个面目狰狞的邪神。与其说我们通过偷窥获得全球化的真相，还不如说我们通过偷窥这一行为本身制造了恐惧。有了这个理念，2008 年的广州三年展，即使混乱，即使粗糙，即使过于抽象，也会在中国当代文化发展中留下它的影子。

对话栗宪庭

连州，2008 年 12 月。第四届连州国际摄影展在这个粤西北，与湖南接壤的山谷小城悄然开幕。这座被群山包裹的城市灰暗干燥而又格外温暖，走在街道上面，一股石灰石的味道四处弥漫。主办方在三个展馆：粮仓、二鞋厂、果品仓库的地上都堆满了石子，在这个本来就有些灰色的城市里又增添了一抹灰色。实事求是地说，我不喜欢这种颜色，但是又不得不承认，这种基础色调让人想起贾樟柯的电影，想起千千万万陷入废墟而畅想美好未来的中国县城乃至城市。当人们大张旗鼓地纪念丰功伟绩，用盛世狂欢来证明什么的时候，这抹灰色是我们自己眼睛的颜色，是我们用自己的眼睛和照相机看到的颜色。

"我的照相机"是著名艺术评论家，中国当代艺术教父栗宪庭和其他几位策展人为本次摄影节确定的主题。栗宪庭在他为本次摄影节写的文章里说："我们主张回到'我'

和'照相机'以及现实的基本关系上。""我的照相机"强调的首要因素是"我"——作为一个有良知的个人，他的立场，他的独立思想，他的独立视角，以及独特的语言方式，是我们首先关注的作品准则。在当代艺术日益模糊各艺术门类界限的时候，尤其是在当代艺术中摄影媒体成为热潮的时候，我们企图强调"我"在按动"照相机"快门的刹那间，与"转瞬即逝的现实"的独特关系。对人生对日常和非日常生活的见证，也许永远是摄影艺术不可替代的语言魅力。那么，当后现代思潮对于"人"的质疑声势日盛，当拼接和移植成为艺术寻常面目，当"真实"被质疑，肉麻成为有趣，已经被当代艺术尊为教父面临被神话的栗宪庭，为什么在此时转过身去，进入他并不熟悉的领域？一句"我的照相机"，背后是老栗怎样的心路历程和美学追求。感谢段煜婷女士，在她的帮助下，忙碌的栗宪庭终于在二鞋厂的一处展厅里坐了下来，这些问题才慢慢找到答案。

谢勇：

今年是中国改革开放三十年，这样的年份容易怀旧。回顾这三十年中国艺术的发展变化，栗宪庭是一个跳不过去的名字。您任《美术》杂志编辑期间推出"伤痕美术"、

"乡土美术"，参与策划了具有现代主义倾向的"星星美展"，组织过"现实主义与现代主义"、"艺术中的自我表现"、"艺术中的抽象"讨论。而在1985年到1989年任《中国美术报》编辑期间，又推动了"85美术新潮"、"新文人画"等艺术思潮。1989年策划的"中国现代艺术大展"更是超出了单纯的艺术范畴，成为中国文化史社会史的重要事件。

您的这些活动，带动了中国当代艺术的发展，但与此同时也给栗宪庭这个名字添上了一些神秘的或者说危险的色彩。使栗宪庭这个名字一度被大陆传媒。现在回顾三十年，您又成了曝光率极高的中国当代艺术代言人。您觉得是什么时候栗宪庭这个名字不再那么敏感？您如何看待这个变化？

栗宪庭：

这个很难说。以前在刊物上和电视台上做采访都通不过，后来通过了，但通过了而我不干了（笑）。90年代中期情况还是很严重的，应该是在2000年以后情况变好一些。

因为中国在开放，一直在变化，这是毫无疑问的！

谢勇：

现在回顾中国艺术和文化三十年的道路，实际上很多人是在怀念80年代，怀念你们年轻时充满理想主义精神的生活。您觉得现在的艺术和那个时候有什么不一样？如何看待这种对理想主义的怀旧？

栗宪庭：

现在艺术市场和消费文化的冲击越来越大，（艺术）越来越找不到自己的位置。但是回头看80年代，以及整个80年代的理想主义、西方的文化，包括在政治上喜欢用西方的民主，整个80年代的理想主义都是在现实中碰撞着。理想主义在什么时候都有、都应该坚持，只是在不同的环境下，理想主义采取的途径不一样。大家怀念（80年代的理想主义），是因为那个时候社会还没有那么多钱。原来面对是单一的意识形态，但在消费文化进来以后，每个人都是有责任的，自己和敌人之间是划不清界限的。人的独立思想很难有一个明确性，现在什么都变得复杂了，是有了双重压力——所谓的双重压力，就是消费文化和经济两方面。

谢勇：

最近看了不少展览，像广州三年展、深圳的"移花接木：中国当代艺术的后现代方式"等，都不如这次给我的冲击。也许，人总是要回归现实后才能感觉到力量。实事求是地说，连州展是最朴素的。深圳的两个展览更像一个盛大而奢华的派对。有意思的是，这些展览把多个中国当下的角色：官员、商人、艺术家、媒体完美地混搭在一起，分外和谐。更有意思的是深圳那个后现代艺术展览，老栗你的形象随处可见。你在中国当代艺术史上被神化了。

栗宪庭：

（笑）有段时间，我上网还看到报道，说我让谁火谁就火，想让谁死谁就死，这怎么可能呢？我这三十年来是写过不少艺术家，有的是红了，也有很多没有红的呀！今天中国当代艺术，我觉得主要是钱的问题，这些大腕开这个价钱，很多都是我把他们从一个简单的年轻人抚养成艺术家，但现在这样，里面其实掩盖了很多问题。首先一个问题就是当代艺术到底是什么？这些艺术家到底是怎么回事？这些大家并不知道，大家只知道他们开了很高的价钱，当代艺术家是以财富明星的角度被世人知道的。

谢勇：

您在当代艺术界有这么高的地位、声望，为什么转而策划一个摄影展呢？

栗宪庭：

我这只是友情出演，另一个想法是来学习。现在大家都跟着钱，这样的展览并不像媒体宣传的那样，是个盛事，实际上是充满危机的。除了这个展览，还有这几年我一直在做的一个电影基金，主要是在扶持一些纪录片，也是挺辛苦的。

谢勇：

其实这次您提出的"我的照相机"，就让我想起一本关于中国第六代导演的书，书名叫《我的摄影机不说谎》。今年也是贾樟柯的《小武》完成十周年，关于您的电影基金，关于您策划的此次摄影展，我总觉得这三者有内在相通的地方，特别是美学观念方面。

栗宪庭：

我觉得还不太一样，因为开始展览是比较真实地面对现实，不像电视、电影，是在"讽刺"现实。另外，栗宪庭电影基金扶持的独立电影是更多元的，不仅仅是《小武》这样一种样式，比如说这次导演的剧情片有很多是跟《小武》不一样的方式，但它们是面对现实的。

谢勇：

您一再提到所谓的"面对现实"，其实，究竟什么是现实，是当代艺术和哲学思潮反复争论的东西。就您的观点，究竟怎样才是"面对现实"？

栗宪庭：

其实只是说我作为一个艺术家，一个导演，一个摄影师，通过中间媒介，照相机也好，摄影机也好，画笔也好，和现实之间会产生一种关系，我是一直强调这种关系。我强调的另外一个就是，一个艺术家对社会的关注并不是要反映这个社会。我在那文章里为什么引用韩愈的一段话，就是人只有在面对现实的时候，对人生的体会的强度才能够加强；若是泛泛地关注社会，要有深刻体会，这是不太可能的。人在事件中，感觉才会凸现出来。

谢勇：

相对于你过去的观点，"面对现实"这个是不是又是一种新的美学原则？

栗宪庭：

其实我这么多年一直在坚持（我的美学原则）。其实我强调那么多，骨子里还是说现实。会有不同的感觉，方向上我也没有局限性，形式可以有很多。后来我想我的这句话跟中国传统方面强调的"功夫在诗外"是一样的，强调的不是在作诗，强调的是做人，是人生的感觉。

谢勇：

那你所谓的"人"呢？你是如何理解手握照相机的那个"人"，如何理解当下中国人的生存困境？

栗宪庭：

传统文化里面，儒家知识分子有一种忧患意识，这一点我是比较喜欢的，但这种忧患意识在传统思想里是为皇帝服务的。以前一个人在抗争的时候，在强调独立意识的时候，他的对象是明确的，他自己本身的立场也是明确的，但在信息时代里，每个人都是被塑造出来的，现在是什么消费意识、信息影响都加在一个人的身上，所以要强调自我、独立是比较难的，但也是很重要的。

谢勇：

您对现在的艺术青年，或者是即将从事艺术的青年，有什么建议？

栗宪庭：

定力！要经得起诱惑，钱的诱惑。跟钱走，跟风走都是很大的危险，还是要忠于自己。做艺术就是要表达自己，而不是要跟什么潮流。经常有人来跟我说迷茫了，不知道要画什么风格的画，其实答案就是自己的内心。

谢勇：

今天早上您来之前我一直在看展览。很多摄影师——李晓斌、黄利平、区志航、杨承德等等，作品非常具有视觉冲击力。即使是非专业人士，也会体验到一些东西。还是刚才的话题,很多人怀念 80 年代,除了理想主义,还有一个重要理由是当时的艺术、大众、知识分子是一个同盟的关系,到了 90 年代这个同盟关系消失了。那么在今天,从大众的角度来说,需不需要一些有力量的艺术来刺激民众?

栗宪庭:

所有的大众都是按照过去的经验来看今天的东西,这就会造成大众和艺术家之间的距离。当然,这个问题不是大众的问题,也不是艺术家的问题,是整个中国体制问题。西方先进的国家有博物馆体制,节假日或者周末大众都可以去参观,很小的孩子也都必定去看的。从古代到今天,每个年代发生的艺术史都会记载在博物馆里面,他们的民众沿着这个线索往前走,但中国就出现了断层,大众就不知道发生什么事了,但艺术家是按照这个线索在往前走,一下子断了以后都不知道要干吗了。

谢勇:

您还有一个身份是宋庄的艺术乡绅,不知道您有没有关注过广州有个类似宋庄的地方——小洲村。我前段时间采访过那里,有个很有趣的现象,那里有个小洲画苑,是一群年长的从事各种工作的人,退休之后拿起画笔,在小洲安家,继续自己的艺术道路。

栗宪庭：

我知道。其实那个跟宋庄一样，宋庄有年轻到 1986 年出生的艺术家，也有老到将近八十岁的艺术家，我觉得他们这样很好啊，过自由自在的日子。

30 年电视直播个人记忆

2008 年偶有机缘触电，为广东电视台一档政经节目写稿，混进环市路广东电视台张牙舞爪的大厦里面做节目。说起来挺不好意思，这是我第二次有机会到电视台里面转转。第一次进电视台是八九年前，神州大地流行感情速配，大概是受到台湾综艺节目《非常男女》的影响，中国不少电视台也开始制作类似的节目。山东电视台也琢磨出一档山寨版，名字叫《金日有约》，主创人员找来一群男留学生扮演各种角色，来和一群来自山东各地的漂亮美眉相亲速配。留学生中一个韩国人是我朋友，我就作为亲友团参与进去，约好时间在电视台门口集合，被一手举牌子的大妈领着，在执勤武警战士炯炯目光下小心翼翼混了进去，一路上心肝扑腾扑腾的。11 月节目录好定在 12 月播，后来又推到了次年 2 月，时间跳来跳去，搞得我最后终于没有在电视上一睹自己在"掌托"带领下起立及其热烈鼓掌的风采。非常遗憾。《今日有约》那个节目还是有它值得称道的地方，一是虽然这些速配大多都是假的，但是也确实成全了一些男女；二是这档节目说不直播就不直播，不像有些节目，明明是录播，还要摆出一副直播的面孔。

2008 年是中国电视五十年。可这五十年里有大约一半的时间和我们没什么关系，中国人普及电视机应该是 20 世纪 80 年代中后期的事情，中国最早的电视剧《一口菜饼子》，这个在新闻传播学院教科书中反复出现过的名称我估计不管是教的还是学的百分之九十九都没看过，原因很简单，那时的电视是奢侈品。当时电视节目播出时间很短，我觉得原因可能有两个，一是节目产量不够，二是领导同志都很忙，哪有工夫天天守在电视前？当时更谈不上什么现场直播——除了体育赛事。如果我没查错资料，中国最早的电视直播是一场篮球赛，1958 年 6 月 19 日。所以，中国电视有大众传播意义的历史不会超过三十年，而这三十年时间里，中国电视的直播每一次都成为电视人的节日，成为自我神话的绝好题材。

我的电视记忆中，除了电视剧（1999 年有人做过一片子，《电视往事》，纪念中国电视二十年，结果却成了中国电视剧往事），整个 80 年代的电视视觉记忆是一系列直播构成的：审判"四人帮"，春节联欢晚会，中国女排拿世界冠军，1985 年天安门广场的国庆阅兵……不过有些美好回忆实际上不属于电视直播，比如北大学生喊出的震动整个80 年代的著名口号，团结起来，振兴中华，本来应该算到电视头上的一大功劳，结果中国电视自己不争气，被广播硬生生抢过去了：1981 年 3 月 20 日香港男排世界杯亚洲区预选赛决赛，中国与老对手韩国争夺一张进军世界杯决赛区的入场券。中国男排先是连失两局，后又追平，比赛打到决胜局的后半段，由于租用的国际卫星信号到时间，央视停止了直播。守在电视机前的北大学生们只能转到收音机前收听实况直播，当胜利的消息传来，北京大学 4000 多名学生集队游行高唱国歌，喊出了 80 年代的时代最强音：团结起来，振兴中华。再比如 1985 年国庆阅兵游行里出现的"小平您好"横幅，同样也没有在电视直播里出现，是由人民日报新闻记者捕捉到并在这家报纸发出的。话说回来，没有直播，没有新闻直播好像也没有影响到中国人看电视的心情，对于普通人，攒上几个月工资，拥有一台电视机，晚上看看新闻联播，看看《加里森敢死队》、《新星》、《卞卡》等电视剧，过年的时候看春晚，大赛时候有女排来振奋精神，就已经非常满足了。是直播还是录播，对于刚刚批判过安东尼奥尼偷窥中国的国人，根本不是两难的选择。所以，当中国男足的比赛被按点掐掉插播重要的晚间新闻，并没有多少人真的不可接受，国家大事和体育比赛孰轻孰重，老百姓的觉悟高着呢。也是同样的原因，1985年春晚调度失控，春晚仅仅直播了三年就重归录播，如果当时的人们有像今天互联网一样的虚拟投票权或者民意调查，我估计绝大多数人会赞同春晚应该录播，因为对于这些持有中国特色真实观念的我的父亲母亲们，只要不过于昧着良心胡说八道，管你是不是直播？对于电视而言幸运的是，80年代的十年，中国各阶层区分尚不明显，利益博弈还是难以想象的未来，所以，中国电视在我的记忆中只是烙下了美好记忆，放映了党和人民的心声，推动了改革开放的进行，至于这个推动过程是人民日报多点还是中央电视台多点，在具体推动过程中电视台是不是直播，没人太较真儿。

按照研究传媒的专家看法，电视直播是电视一种基本传播方式。中国电视在20世纪70年代后期引入ENG设备形成以录播为主要传播形式，随着技术进步社会开放，现代电视直播观念也逐渐开始形成。中国电视真正有直播概念是在90年代，但可惜是伪直播。电视90年代在中国获得了前所未有的神圣地位，这种神圣地位源于民间社会出现的价值观念和审美趣味，都与官方主流意识形态有了较为明显的区别，一个正襟危坐与娱乐至死和谐共处的以大众娱乐为表象的仿像世界正在形成，中国电视，CCTV 则成为这个仿像世界的建构者和缩影。90 年代的中国电视，以讲述老百姓自己的故事为号召，以倪萍阿姨煽情为标志，聚集全国百姓，用最巧妙的方法进行思想教育。李幸先生说中国电视在 90 年代的直播搞得像录播，评论很精辟。因为所谓这些直播，本质是一台安排好的戏剧，每一处细节，每一句对白都已经安排好了，导演在演播室手心冒汗紧盯屏幕，各路记者演员反复操练绝不犯错……90 年代最重要的电视直播是香港回归，也是今天研究中国电视很重要的一个样板。我当时在读本科二年级，算是小愤青，面对国家大事，总有些带隔阂的激动，那天晚上拍照留念之后就端坐在电视机前面经历这伟大的历史时刻。我想很多经历过 90 年代央视培训的中国人会和我一样，每逢重大历史时刻电视直播，音乐响起，马上喉咙哽咽鼻子发酸眼眶通红。

什么是真正的电视直播，以我之愚见，真正的电视直播是观众眼睛的延伸，是去窥视那个未知的世界，观众通过电视去体验一个正常人在生命历程中不断面对的选择、判断、成功、失败。在现代社会里直播之所以成为电视这一媒体的最本质特征，是因为只有在直播时候，观众个体生命时间和电视才能以一种现代性永恒时间想象相统一，个体生命通过电视真正进入现代社会的主流叙事。直播的意义就在于其结果无法预知，如同我们自己的生命。所以一遍遍演练台词，从开始到结尾都按计划进行，这样的直播其实根本就是结果已经确定的伪直播。我们的电视也是因为"伪直播"才分外紧张，因为一旦出现意外，你猜错了结局，伪直播变成真直播，就惹麻烦了。1997 年香港回归的直播，我因为激动，根本没听中央电视台说了什么，不过今天看当时的回忆，实在是有趣，比如有当时的央视人回忆：

在报道彭定康离开港督府的时候就出现了一个小插曲。我们在港督府外面安排了一台摄像机和一位现场记者，准备随时向观众报道现场的情况。按照事先了解到的情况，彭定康在主持完港督府降旗仪式后将乘车在港督府院内绕场一周，以示惜别之情。为此，我们在现场的记者精心设计了一段现场解说词，大意是：彭定康的汽车在港督府内绕了一圈，车轮缓慢，试图表示港督对这里的依依不舍。然而，历史的车轮却滚滚向前，香港的回归已是任何人都无法阻止的现实。果然，彭定康在降旗仪式后钻进了汽车。汽车也果然围着港督府的院子开始转圈。于是，那位现场的记者不失时机地将那段解说词说了出来。可是，当他说完"历史的车轮将滚滚向前"，只见彭定康的汽车在转完一圈后，并没有像事先预定的那样开出大门，而是继续围着院子又转了起来。我们那位记者大概对这一临时出现的情况没有思想准备。他先是沉默了一会，紧接着，他在画面外说道："彭定康的汽车又在院子里转了一圈。"（水均益《我与东方时空》）

所以，20世纪90年代中国电视真正的直播还是体育赛事，很多我的同龄人被央视的体育频道意甲转播培养成忠实的米兰球迷，到今天还有不少人生活在幻觉之中，好像遥远的意大利那个时尚之都的伟大球队真的和我们有什么亲情，直到贝卢斯科尼做总理，对着中国胡说八道，我们才发现世界好残酷，那个穿黑红剑条衫的球队和我们实在没关系，我们的感情一厢情愿。而1994年开始的甲A，除了在电视直播下培养了大量的忠实球迷，还有一成果是出现了张斌、黄健翔、刘建宏等一干电视足球英雄，后来连续出现假球，我每周四守在电视机前看足球之夜现场直播，看张斌、刘建宏正义凛然，可惜最后的结局是假球依旧。

不过不管怎么说，央视的体育频道是最接近电视传媒特性的，也导致今天很多人有看央视就看央视体育频道的习惯。

在我看来，对90年代以来中国电视伪直播最好的诠释和理解不是学者写的论文著作，也不是当事人炫耀式的回忆，而是一部电影：贾樟柯的《任逍遥》。这部电影是他的故乡三部曲中的第二部。虽然他拍的是2001年的故事，虽然只是一部电影，但由于贾樟柯平民视角纯粹到了尖锐的程度，使他在那部电影中敏锐捕捉到中国电视直播与我们日常生活之间的微妙关系，这个关系就是，电视直播巧妙地维系着这个国家每一个个体与社会宏大叙事之间的关系。面对现代化大潮，对每个人来讲却总是无法抓住这一变化。世界天翻地覆，生活却总在别处。人们通过电视看着远方故事：中美撞机，申奥成功，仿佛一切都是自己的生活。

其实，如果不是有凤凰卫视，如果不是有互联网，央视本来可以继续着自己的直播神话，宣布1997年中国电视已经进入直播时代，中国的电视人和媒体也不用琢磨着说2008年是中国电视直播元年了。凤凰卫视中文台于1996年3月31日正式开播，2002年在中国大陆部分地区落地，虽说收视人群包括全球华人，不过影响力却集中在中国部分地区。开播以后，凤凰台所做的一系列节目，特别是直播为人瞩目，奠定凤凰台在大陆江湖地位的是 2001 年对于美国 9·11 事件的直播，连续进行了 36 个小时的直播，见证了 9·11 恐怖袭击的全过程。不过，因为看不到这个台，我和其他人一样，只能第二天在食堂看央视新闻。很多人赖在食堂不走，一遍遍看世贸大楼倒塌的"盛况"，根本没有人质问央视为什么没能接进 CNN 的镜头进行直播。兴奋过后不久莘莘学子遭遇了一条不好的消息，因为遭受恐怖袭击，美国收紧了签证，出国更难了。

因为有了互联网，本来部分地区落地的凤凰随着网络蔓延到整个中国，我养成了在电脑上看凤凰的习惯，一直延续到今天。自从我看凤凰以后，关于直播的记忆，除了黄健翔发飙的段子，似乎就成为凤凰的专属。凤凰出现了小女子闾丘露薇，战地玫瑰盛开，而别斯兰事件则继承了凤凰制造明星记者的传统。2005 年《南方周末》将年度的国际报道奖授予凤凰卫视记者卢宇光，声称对别斯兰事件的报道中观众听到了枪声，听到了卢宇光在现场真实带着喘息的声音，这就是直播的本质精神。面对凤凰的异军突起和互联网的热潮冷讽，央视关于直播开始异常沉默，也在另一方面开始认真思考什么是真正的直播。2005 年连战访问大陆，两岸破冰，央视直播中规中矩，不过我习惯了凤凰老杨的评论，还是选择看凤凰。央视这种被动打局面一直到 2008 年方告一段落，因为地震，因为奥运会。

虽然现在能收到 N 多省级卫视，平时看电视一般锁定凤凰和部分体育频道，实际上很少关注这些卫视们，不过 2008 年 5 月 12 日汶川地震，我的电视锁定在四川卫视。灾难发生在四川，5 月 12 日 14 时 28 分四川汶川发生大地震后的 24：00 时，在余震不断造访的办公楼里，四川卫视中断所有节目，开始二十四小时实时播出，主持人泣不成声，我对四川卫视肃然起敬。在灾难面前，中国人真正团结，对于人道主义，对于普世价值有了新的认识，各路电视媒体，不管是央视还是凤凰，一下子找到了做媒体的感觉，《南方周末》标题"汶川地震，痛出一个新中国"，成为包括我在内的一些人的希望。多难兴邦，推动社会向更好的方向发生转变，是生者对于死难者最好的纪念。就我们谈的直播而论，转变真的来了：2008 年 7 月，央视体育频道总监江和平就向媒体表示，中央电视台将打破惯例，实现不延时直播奥运赛事。据中央电视台总工程师丁文华介绍，以往央视对节目进行直播时，为保证播出安全，都会有三十秒的延时。而此次奥运会转播，央视取消了人为的延时，首次实现了真正意义上的与赛事同步。央视似乎也真正走向了直播。不过面对大好形势，白岩松似乎没有意识到中国电视走向了真正的直播，进入新的历史阶段，他认为2008年电视新闻最重要收获不是地震灾难直播，也不是奥运直播，而是对于贵州瓮安事件的报道："大地震无法掩盖，只有报得好和报得不好的区别；而瓮安事件是报与不报的问题——群体事件，干群关系，滥用警力……以上任何一条在以往都足够敏感。"白岩松说得对，只有当一切都不那么敏感了，中国才会真正进入直播的时代。

影像启蒙还是奇观社会？
——广州 2009 国际摄影双年展

虽然所获评价甚高，但也许只有时间过去，2009 广州国际摄影双年展对于中国艺术和中国文化乃至中国当代社会整体的意义才会更加充分地显现出来。2009 年 5 月 18 日上午的广州异常闷热简直到了令人窒息的程度。我混在广东美术馆前面的小广场上，尾随着顾铮、李媚、张新民，注意到阮义忠这位中国摄影重要的启蒙者俨然已成老者，而就在我前不久买的他那本书上，阮义忠的模糊的影像似乎还是一个翩翩少年，回来仔细看看出版日期，原来是十年前的引进版；只有颁奖台上陈设的沙飞永远年轻蓬勃的青春气息呼之欲出。其实从表面看起来，广州 2009 国际摄影双年展的开幕式一如其他国内艺术展览像个大的聚会，热烈寒暄的人们，不知是不是真诚的恭维，但是仔细看看，还是能找到一些不同：这个开幕式没有官方到场致辞祝贺，也少有时尚人士粉红女郎，和去年深圳华侨城搞的那次中国当代艺术盛典相比，实在是有些"寒酸"。也许这某种意义上的"寒酸"，就是中国当代艺术和中国当代摄影在中国当下社会生存状况的某种写照或者隐喻？按我的判断，也许对于某些人而言，让你办这个展览，让你把搞来的那些影像在广东美术馆这一个公共空间呈现就是最大的支持，而美女出现的几率一贯是和在场富豪数量成正比的：与当代艺术 F4 相比，玩摄影的差不多都是穷光蛋。看完展览回头一想我才发现，2009 年 5 月 18 日的广东美术馆发生的，根本就不是什么聚会，而是一场集会。

聚会还是集会？这是个问题。这问题曾经摆在中国当代艺术界前面，遥想当年老栗策划中国现代艺术大展，那是中国当代艺术最后一次崇高亮相，肖鲁和唐宋几声枪响，宣告了一个时代的终结，似乎也把中国当代艺术选择的天平重心做了移动。进入 20 世纪 90 年代，中国当代艺术家们毅然选择了聚会，制造出了庞大的规模产业和财富神话，成为财经杂志孜孜不倦的热议话题和盛世中国一道亮丽的风景。当年测试社会临界点的装置艺术《对话》在 2006 年嘉德秋拍也卖出了 231 万人民币，成为首个过百万的装置艺术，也完成了中国当代艺术由集会向聚会的最终转型。而对于中国当代摄影来说，这个选择题也许才刚刚开始。因为他们离所谓财富还有一段距离，这个距离有多长？照我看，是启蒙现代性到后现代奇观社会这么长。

2009 广州摄影双年展是现代性的，王璜生先生在展览前言中强调了展览的"人文立场"："影像社会学的人文立场和意义建构，应该说是'广州国际摄影双年展'一直坚持的出发点和目标方式。影像社会学关注的是影像的发生、发展，与社会、时代、历史的人文之间的关系，以及思想史、文化史的视觉呈现等等。"这些言论在今天某些当代艺术的大佬们看来，似乎有些过分古老——是他们早在二十年前就玩过，且早就不玩的花样。而王璜生先生自己参与策划的 2008 年广州三年展，却也有个"告别后殖民"这样具有后学色彩的名字。所以有意思的问题可能是：同一个策展人为什么可以几乎同时策划出后现代的当代艺术展和具有强烈现代性人文主义启蒙思想的当代摄影展？这种左右互搏的姿态不免叫人有些腹诽，但在我看来，更多的恐怕是两种艺术话语体系自己的发展逻辑决定了王璜生言论的两种姿态，相对于艺术实践本身，理论和阐释只能是第二位的。当人们终于有机会面对非典过后欢庆胜利之后的一片狼藉，面对被人们有意无意遗忘的 SARS 幸存者默默承受的身体疾苦，面对冷战结束被废弃的恐惧制造器，阿根廷军政府监狱似乎依然回响惨叫绝望的墙壁，红色高棉 S—21 监狱和里面注定死去的妇孺遗留的最后肖像，这些影像唤起的，无论如何不会是移花接木的快感，恐怕也不可能是"更新鲜，更震撼，带有后现代主题困惑色彩的东西"，更不是一种无可奈何的空无。阿多诺曾经说过，奥斯维辛之后，我们没有写诗的权利，那么，当这些影像因为种种原因阴差阳错出现在广州，出现在二沙岛我们的视野中之后，我们对于摄影，对于艺术，是否应该有更为贴近中国生存经验的理解？

借用康德的观点，启蒙运动就是人类脱离自己所加之于自己的不成熟状态，不成熟状态就是不经别人的引导，就对运用自己的理智无能为力。当其原因不在于缺乏理智，而在于不经别人的引导就缺乏勇气与决心去加以运用时，那么这种不成熟状态就是自己所加之于自己的了。摄影出现以后就肩负着一个重要的媒介责任：影像启蒙。英国文化研究学者彼得·伯克在其所著《图像证史》中指出，我们对于历史知识的理解会因为摄影技术的进步而发生转变。从很早以前开始，报纸就是用图片证明其报道的真实性。

即使影像的真实性遭受质疑，如果我们有充分的横向考证（cross-examine）的可能，影像依然大有用处。而报纸等媒介对于一个现代社会的形成会发挥何种作用，似乎不需赘言。在我看来，与我们通常将"思想启蒙"理解为"文化启蒙"、"语言启蒙"不同，事实上还存在一种"影像启蒙"。"影像启蒙"更多的是从"观看"角度展开，落脚在人们对影像阐释空间的开拓。摄影家观看被拍摄者，我们观看图片。相当于文字，影像将人们的肉身连同他的灵魂以及容纳这些的整个空间一并记录下来，将历史的顷刻抓取出来获得某种永恒的时间意义。这种永恒时间的先验形式在某种意义上转化为我们理解世界的观念：永恒人性、普世观念、有承担、会审判的历史。而在空间角度影像启蒙则意味着对于隐秘空间和神圣空间的侵入和破解，意味着对这些空间的去魅，在这个意义上，观影成为是对我们当下生存空间的扩展，是对于同一性理论命题的深刻把握和普世论的发现与呼唤。简而言之，所谓影像启蒙的观影经验可以归结为以下几个方面：人的发现，公共空间的扩展，最后是这两者结合构成的我们对于世界的认识。而"人"与"空间"这两个层面恰恰构成了2009年广东国际摄影双年展的双重叙事。

先看"人的发现"。人的发现是以纪实摄影为中心的中国当代摄影与生俱来的叙事基调。按照著名评论家杨小彦先生的说法，公认的具有广泛社会影响的纪实摄影是在1976年"天安门事件"中诞生的。本次双年展中鲍乃镛的《天安门广场·360°》，在我看来是对中国纪实摄影先行者的致敬和纪念：以群像出现的中国人近半个世纪以来第一次摆脱了某一中心权威后以群像的方式在历史事件中自我呈现，第一次以各自的面孔而非整齐划一的表情出现在阐释者面前。而古巴摄影家爱德华多·穆尼奥斯的《动物园标示》，通过动物命运展现出特定时代人类生命一步步被挤压最终被控制沦为行尸走肉，被杀戮遗弃的过程。

还有艾未未的《纽约1983—1993》，沙飞摄影奖评审委员会给予的评语是：

"艾未未的《纽约1983-1993》，既展现个体对生活、生命的理解与态度，也把个体观看与现实的关系具象化。他对摄影的态度其实就是对生活的态度。通过一系列无视摄影法则的摄影行为，将个体对自由的追求还原到了胶片之中。他以反摄影的方式，提示何为摄影，以颠覆摄影的方式，颠覆人们对摄影的固定观念，也质询人们对现实的僵化认识。成为他生命器官之一部分的照相机，把个体的直

为什么我们都是艺术家

173

觉与本能，与时而动荡、时而沉闷的现实直接对接，通过日常的片断，重构个体的生命体验，铺延开一幅真实的生命图像。他的一系列看似漫不经心的影像，在将日常的苦涩、欢乐、忧伤、无聊、希望、诗意与暴力糅合一体的同时，也编织成一部个体与时代息息相通的个人史。"

看出艾未未作品的个体生命体验展开为真实生命图像，自然是对其作品的重要认知，但是如果止步于此，就无法解释同样是个体体验展开的生命图像，为什么网易的汶川灾民自拍没有获得同样的殊荣？在我看来，艾未未作品的最重要意义恐怕在于，我们在其提供的影像中看到了哪些人的个体体验被展开，哪些现在已经不真实的生命图像被还原回真实？答案也许很明显，是对 80 年代文化英雄神话，包括艾未未自己的一种还原。这一主题在此次摄影节中最震撼的一组作品则是刘铮的《惊梦》，用黑白影像中人类各种姿态或者美丽或者丑陋的肉身彰显出人类生存之永恒困境——精神之重与肉身之轻。

与人的发现相比，"公共空间扩展"这一主题的表现就复杂许多。这一复杂性也许根源于空间观念与后现代理论之间过于密切的关联。由于后现代理论的前提往往是现代性历史的终结，时间停止，所以"空间"自然就成为后学理论和后现代世界观的哲学基础。列斐伏尔的《空间的生产》是第一部系统地论述当代空间问题的专著。在这本书里，列斐伏尔认为，人类社会中的空间已经不再是纯粹的自然空间，自然空间虽仍然是社会过程的源头并且不会完全消亡，但现在主宰人类生活的却是社会空间。列斐伏尔认为，空间在根本上是依靠并通过人类的行为生产出来的。我认为，也只有在这一对空间的阐释为前提，我们才能理解德波所谓的奇观社会：在现代性生产条件蔓延的社会里，这个生活都表现为一宗巨大的奇观积聚，曾经直接存在着的所有的一切，现在都变成了纯粹的表征。奇观即是社会本身，是社会的一个组成部分，有显得是统一的手段。奇观不是形象的集合。毋宁说，它是以形象为中介的人之间的一种社会关系。

顾铮先生很敏锐地感觉到中国当代摄影发生的转向：

"我对中国当代摄影表现出我个人认为比较新的倾向，这个倾向可以概括成空间转向，空间转向倾向在我们这次双年展当中也有所体现，包括我这次看到一些摄影家的作品，譬如说像缪晓春、渠岩、金江波、李前进、杨铁军等等，肯定还有议论，从这些摄影家的作品就可以看到发生在和传统摄影表现有所不同的变化，以空间作为他们的题

为什么我们都是艺术家

175

材，这样的画面主要是以一种描述性的画面来呈现出来，这样的一些作品尤其是进入新世纪以来，开始出现了大量的摄影家关注中国社会变化中非常明显的现象，空间的变化。"

但问题的关键是，面对这一奇观社会，摄影师自身的立场究竟是什么，中国摄影的空间转向究竟转向了哪里，是转向了现代性的公共领域还是转向了后现代的奇观社会？对于这一问题，顾铮先生的回答事实上有些含混：

"空间在以往是被当作僵死、刻板非辩证和静止的，相反时间却是丰富的，多彩的有生命力的，也是辩证的。至少在这样的观点影响之下，我们大家尤其是摄影的表现或者说是摄影的纪录，往往只是关注事件，关注人相互之间的一种社会关系。在这样的视觉呈现中间，出现了一种空间脱落，但是这样的空间脱落随着中国走入了新的社会发展阶段以后，明显地通过空间自身变化、发展越来越强烈地提示、提醒我们的视觉艺术家，我们不能忽视空间，空间本身充满了复杂种种表情、内涵包括空间背后存在的许许多多复杂的权利关系的博弈、妥协、平衡。"

这一含混导致了对于作品的解读会陷入某种意义的困境：抽离社会关系和事件，执着于对空间进行形式层面的理解，这也就意味着，将人从空间中抽离开并对空间进行不断地分割，孤立和德里达式的后现代"延异"。例如，在表达了对顾铮的认可后，陈卫星先生对于影像的空间转型进行了更为详尽的阐释：

> "在吴印咸的作品当中空间是很庄严的政治符号，这个空间是需要转折，而李前进表达浮华的消费空间是现代人贪婪和纯粹感性化的结果，还有一些杨铁军的作品，把空间外化成为一种权利政治学的标志，这些空间都很充分说明经过了 30 年改革开放，人们物欲和观念的膨胀在空间上急剧扩张的效果。"

其实，在我看来，影像的空间转向还有一个前提，就是阐释空间的不断生成，阐释空间不断生成决定了我们对待影像空间会采取的多重维度，决定了我们能够将空间中隐匿的"人"还原出来。比如对于吴印咸《北京饭店·1975》，我们当然可以简单归结为政治权利空间的展现，但是如果我们的思考中心放到观影者自身，这何尝不是观影者精神空间的一次扩充和对于神圣权力空间的一次韦伯意义上的"去魅"？李前进的桑拿浴依然可以用同样的方式解读——对于 20 世纪 90 年代以来财富神话制造出的隐秘空间的进入与去魅。我们可以从桑拿空间中遗留的奇形怪状的器械绳索想象这个空间中发生的属于人的故事，看到膨胀的物欲对人的异化，但这些与赵利文《别墅人家》中对中国富裕阶层悲悯审视其实没有太大差异。当然，我更愿意把顾铮先生表现出的这种含混视为对中国复杂现实的某种体认。这个问题可以归结到，我们应该如何理解这样多面歧义丛生的中国？如何理解人们对于当下迥然不同的判断？中国未来究竟是要完成现代性启蒙还是要继续自己的后现代狂欢？

有意思的是，换个角度，影像启蒙与奇观社会的含混未尝不是2009广州国际摄影双年展的一种生存策略？中国当代艺术就是凭借着成为"奇观社会"获得了生存空间而且赚得盆满钵满，而广东美术馆展厅内最醒目的作品《国家六十年——729期〈人民画报〉封面》则有意无意地制造出中国当代摄影同样属于奇观世界的假象，凭借这一假象，批判的锋芒得以存在，影像启蒙得以继续，李公明先生所谓的"政治叙事"不至于被喝止。但是如果人们真的据此把中国当代摄影和中国当代艺术等同起来，一并以奇观社会视之，恐怕就是对于中国当代摄影的最大误读。第三届广州国际摄影双年展2009学术研讨会上朱其与杨小彦和顾铮的争论，在某种意义上可以被视为含混造成误读与中国当代摄影参与者真实体验，或曰"摄影现场感"之间的对峙。

其实，如果将朱其的发言单独抽离出来，似乎并无太大问题，把西方理论奉为圭臬，将艺术品沦为理论的图示本来就是中国当代艺术弊病之一，只不过朱其对于中国摄影实践非常隔阂，将影像启蒙的中国摄影理解成了奇观社会的中国当代艺术，这种无视中国当代摄影实践的泛泛之论自然会引起摄影人和摄影理论家的不满。朱其的评论，对于中国当代艺术是适用的，但却不适用于中国摄影，而朱其本人恰恰没有意识到两者之间话语体系实际上存在着的本质差异。所以我们似乎可以理解杨小彦言语之间的激烈："我不知道他怎么解释时髦研究和自己问题研究的方面，重要的是对现实问题的看法，在这点上我认为顾铮的研究是有摄影现场感的。"而对于顾铮，则摆脱了此前的模糊状态，恢复了他对于中国当代摄影的清晰理解，影像启蒙，才是中国当代摄影的本来面目和意义所在。

这场论争无意当中却成就了 2009 广州国际摄影双年展另外一个重要影响，那就是中国当代摄影终于对中国当代艺术摊牌。朱其在这个过程中其实有些无辜——他某种程度上一直都是中国当代艺术的批评者，他所批评的中国当代艺术弊病其实也正是中国当代摄影有价值之处。不过谁叫他没看到当代艺术和当代摄影这样明显的差异之处呢？

中国当代艺术和中国当代摄影精神气质的极度差异使得摊牌是早晚的事情，老栗转行玩摄影，公众视野中艺术评论家杨小彦与摄影圈密切的关系越来越为人所知，他在接受采访的时候说："中国摄影在价值观上超越了中国当代艺术。"我觉得，这句话肯定也会被历史记住。

为什么我们都是艺术家？

　　艺术和社会的关系究竟如何，是一个老生常谈又夹杂不清的形而上学问题。有没有独立的艺术？独立的艺术还要不要肩负自己的社会责任？用自己的方式发出声音，表达社会群体的内心情愫与感性体验，成为干预社会发展进程和发展的特殊手段？说实话，这些问题直到今天我都没有思考清楚。一方面我对于有评论家鼓吹的艺术学院学生重拾"五四"以来革命艺术传统，拿起画笔走向街头表示敬意但是心存怀疑；但是另一方面，又对众多艺术家不读书不思考不关注争先恐后成为资本家的玩具感到痛心——当然，事实上轮不到我来痛心，而且这里面究竟谁在玩谁，不同的人会有不同的看法，借用一句网友的话，你被玩了是悲剧，你被玩了还买单就成了喜剧。

　　前段时间和杨小彦老师聊天，谈到他写的那篇重要的文章《摄影家很严肃，画家很嬉皮》，回过头来仔细想想我

倒觉得，究竟是严肃还是嬉皮，或者更准确地说，究竟是
应该严肃还是应该嬉皮，并不单单是艺术家——无论是画
家或者摄影家自己的事情。当总有一种力量裹挟一切，无
所不能的时候，嬉皮其实也是一种革命的姿态。所以，无
论严肃还是嬉皮，都是艺术应该具有的面孔。

中国艺术究竟是玩人还是被人玩，从来就是个似乎两
难的选择，估计不少学院圈内人都憧憬着走一条既不玩人
也不被玩的路子：凭手艺吃饭，看看技术究竟进化到何种
程度成为衡量一位艺术家最重要的标准。所以当某一年广
州美术学院雕塑系学生郑敏创作出王小波裸像形成一次文
化事件时，我目睹到的反应是圈外争论不休圈内纷纷摇头，
不少外行如我热血沸腾，传媒进行了也不知道是不是过度
的阐释。圈内专家对一位艺术学院的学生制造社会文化话
题不以为然，他们纷纷指出，这个作品，手法是没有创新
的，意境是低俗的，选材是不重大而且边缘的，特别是王
小波的手的位置，会教人们产生极端不好的联想，云云。
总之，这是一件不招人待见的作品。在这些经历过一些事
情的专家看来，艺术最好既不要被人玩，也不要触碰社会
日益敏感的神经，大家最好蹲在昌岗路或者大学城的校园
里，间或有几家画廊伙计上门交钱拿货，天下太平，幸福

美好。这样思路下创造出来的东西，质量总是不差，换的银两也够买房买车间或洗脚，可总是抹不掉一股平庸的味道，离人们心目中所谓"伟大"的艺术，感觉总是有些遥远。

很严肃地说，2009年中国出了两件伟大的艺术作品。一是北京犄角旮旯一处可以踢球的西餐厅"醉库"里发生的行为艺术。还有一件是四川那位写过小说的晚熟建筑师刘家琨及其团队低调完成，位于安仁建川博物馆聚落"5·12地震"旁的一片小树林中的"胡慧姗纪念馆"。纪念馆是为在5·12地震中死难的都江堰聚源中学普通女生胡慧姗而建，采用救灾帐篷为原型，面积，体量，形态均近似于帐篷，外部红砖铺地，墙面采用民间最常用的抹灰砂浆，内部为女孩生前喜欢的粉红色，墙上布满女孩短促一生的遗物。从一个圆形天窗撒进的光线，使这个小小空间纯洁而娇艳……按照刘家琨的理解，这个纪念馆，是为一个普通的女孩而建，也是对所有普通生命的珍视，是民族复兴的基础。

在今天中国奇幻现实中，建筑师可能肩负着更为沉重的社会责任，因为他们是奇幻现实的制造者，他们对于历史负有责任。我们追思梁思成的大师风范，恐怕不仅仅是他的建筑创造和建筑美学观念，更多的还是一种文化态度

为什么我们都是艺术家

和知识分子与艺术家独立的人格。可惜今天大师已成往事，借用香港建筑师朱涛先生的话：

"中国建筑师从来就没有发展出清醒、独立的社会意识。尽管在社会生产中，建筑一直充当着将政治和经济结构连接在一起的重要角色，中国建筑师的高产量对社会和自然环境的影响又是如此之大，但是建筑师从业的社会态度却异常消极和被动。作为狭义的职业工作者，大量建筑师甚至都无暇关心自己产品的社会后果，更不要说还持有通过建筑实践来改善社会状况的信念；作为广义的知识分子，他们很少有眼力透彻地观察自己身处其中的空间政治经济的运作，更少有勇气站出来批评该运作过程中的不合理和不公正。在今天的中国，当越来越多不同行业的人站出来齐心推动公民社会的建设时，建筑师几乎成了最没有原则、最犬儒化和机会主义的一个群体。"

也许，"胡慧姗纪念馆"的出现，会稍稍颠覆一下朱涛的激情判断。

城市，以及这个城市的文艺

　　《文化现场》约我谈谈广州文化艺术现状。首先想提醒香港朋友一点的是，谈"文化"，谈"艺术"，同样的语词，对于生活在广州这个大陆城市里的我和生活在大陆之外的香港的你们，可能并非同一个话题。这个错位感可能已经存在好多年，从香港脱离开老大帝国，沦为外夷殖民地，这块小小岛屿，就有了自己的发展轨迹，而 1949 年之后开始的数十年隔阂，两条轨迹非但没有相交，反而渐行渐远，所以，时至今日，大家共处一室，面面相觑是常态，心有戚戚则可遇不可求。

　　但还是需要对话，伽达默尔说，每个人都有对话交流的善良愿望。唯有对话，共识才有能。

　　先说广州。仔细想想，不得不承认，我不了解广州，更不懂它的"文化"、"艺术"。从内心深处，我不认为自己和现在居住的这个被称为"羊城"的地方究竟有什么关系。

如同无数被中国现代化裹挟着努力奋斗，从乡村、县城走向城市的青年人，广州之于我，仅仅是因为它是"城市"，是中国现代化叙事最后的归宿和成果。所以，我常常意识不到自己是一个广州市民——尽管从社会管理的角度实际上我是——我也不认为自己作为一个教书兼写字的，有时候关注下文化艺术就必然有对这座城市文艺现状的发言权。我想这不会是我一个人的状态，如果人们足够真诚，就不难承认这一点。在广州这个城市生活了四年的时间，成为广州市民也有了四年的时间，这个城市的一切作为，无论好坏都没有征询过我的意见，作为不明真相的群众，能做的仅仅是被"告知"，比如，我被告知广东要成为"文化大省"，广东要积极发展"创意产业"，我既不知道这些东西究竟从哪里来，也不知道这些伟大的计划最后会将这个城市带向哪里，而这一切，跟我，有什么关系？

然而我爱这个城市。虽然我不是这个城市的主人。我爱这里生长出的生涩不成熟的艺术——它们一旦成熟，往往就奔向远方，比如欧宁、曹斐。我爱这个城市里民间的自我涌动与发声；我爱这个城市里陈侗讲师和他的博尔赫斯书店；我爱学而优和他们搞的读书沙龙；我爱王璜生的广东美术馆和他们奉献出的广州三年展以及广州国际摄影双年展；我还爱我的朋友李蝴蝶用费力不讨好的方式搞出来的先锋戏剧；我热爱曹成渊先生对于现代舞，对于艺术品格的坚守；还有离广州数百公里外的连州，它奉献出的摄影节正在成为中国最重要最具学术分量的摄影嘉年华；还有我们广州访问计划采访过的画家王文明，摄影师李洁军、颜长江，艺术评论家杨小彦；还有每个周六早上十点钟准时开始的南都公众论坛。但我又知道，所有这些我热爱的东西，如手中之沙，随时可能消失。

艺术如何才是城市的？这是一个我没有想清楚的问题。照我的想法，真正的艺术根本不应被地域色彩羁绊，所以，广州这个城市最伟大的地方，也许在于，它用相对廉价的生活成本——相对北京上海，和只有这个城市才具备的可以被称之为冷漠的宽容收容了一群文艺流浪汉，让这群人不至于早早就为了生计放弃自己的理想，也不会在羽翼尚未丰满之时被一棍子打死，而发达的平面媒体，又为这群流浪汉凤凰涅槃营造了足够宽阔的空间，但这都是自然生长的庄稼，一波又一波，成熟、收割、装箱打包、奔向远方，多年以后，又在远方怀念广州……

在香港，文化艺术可能比内地生存得更艰难些。《文化现场》成为这个城市中惟一活着的文化评论杂志就是明证。

但是，我认为，所谓文化艺术，最重要的是"人"，是有理想和操守的文化人。香港文化和艺术的未来，不在于依靠政府规划和投资对于这个城市文献式整理和记忆保持，当然这很重要，但更重要之处在于，香港文化克服心理恐惧，真正进入中国现场。

那个还在影响我们的阮义忠

广州国际摄影双年展是 2009 年中国最重要的艺术展览之一，其中最引人瞩目的组照之一，题材来自柬埔寨。这组名为《柬埔寨监狱影像专题：S—21 监狱死囚档案》的作品，在展出现场并无文字说明。照片简单地悬挂在一个局促的空间，呈螺旋上升，有光从半透明的天花幕墙打下来，给人感觉仿佛那是一条通往天堂的路。其实，在展出之前，这组照片在中国大陆已经有地下传播，不少人都已经清楚照片中这些绝望到麻木的男女老少影像与亚洲某个信奉佛教的国家，以及在这个国家肆虐一时的集权主义之间的关联。尽管这些影像发出的声音已被层层过滤，尽管在祭坛上空洞眼神的注视下，不明真相的群众依然不明真相，但影像最终能在另外一个国度公开的艺术展览中亮相，我依然感到感慨和振奋。

如果注意到现代社会中的人们观看方式的重要性，特别是权力总是与某种特定观看方式之间的暧昧关系，我们就不难理解这组作品在大陆公开展示的深远意义。将这组作品带到大陆来的，是台湾摄影家、台北艺术大学教授阮义忠。

熟悉中国摄影的人都清楚这个名字对于中国当代摄影、特别是民间摄影发展之间的重要意义，可以说，在中国当代摄影界，每一位真正的摄影师，每一位对摄影真正感兴趣的人，都难以回避他撰写的两本书——《当代摄影大师—20位人性见证者》、《当代摄影新锐—17位影像新生代》。这两本书打开了中国摄影师们的眼睛，然后，这些真诚的摄影师们，又用自己手中的镜头，为中国人打开了眼睛，让普罗大众如我等开始思考什么是人性的"凝视"，如何进行"人性"的凝视。这无疑是中国摄影的转折，也是中国社会转折的明证。而阮义忠先生创办的《摄影家》杂志，时时承载着他独具的对于艺术、社会、人文的理解。我们今天熟悉的名字：方大曾、侯登科、吕楠、刘铮、荣荣、邱志杰、黎朗、洪磊，都是通过这本杂志走向世界。对于过去二十年中那些抛弃体制、同时也被体制及体制利益所抛弃的独立摄影师们来说，能走向世界，能听到回应与认可的声音，是多么的宝贵。这些人，在中国土地上不断奔走，举起照相机，零距离地观察、记录、展示一个与主流图像截然不同的现实世界。而阮义忠先生的书与杂志所构建的空间与渠道，让他们得以走到一个更为广阔的世界面前，让他们在聆听到世界回声的同时，得以体会到自己工作的价值，得以体会到自己并不孤单，得以体会在人们的心里，有着怎样真实的期盼与赞赏。

到今天，中国当代摄影已经从当初的涓涓细流逐步发展壮大，但阮义忠先生对于中国摄影乃至中国艺术的意义，依然存在，并在一些更加深刻的层面展开。

在中国社会中，一个艺术家的身份应该如何获得？阮义忠先生的独立身份应对中国艺术家们有所启示。陈丹青先生在论述阮义忠先生的时候曾经涉及这一问题，他说："过去二十年，我有幸结识了导演侯孝贤、影评人焦雄屏、作家朱天文、美学家蒋勋、舞蹈家林怀民、诗人兼报人杨泽、画家兼评论家杨识宏、文化研究者陈传兴，还有我正在谈论的阮义忠——他们都是我所谓的'单独的人'。"他们背后没有电影学院、电影协会、作家协会、文艺家联合会、美术家协会、摄影家协会。独立的身份固然是个要因，但问题还不仅限于此。我们不难注意到阮义忠先生所具有的文化基因。这一成就其艺术事业的文化基因，其实在阮先生少年时就已形成。根据整理出来的阮义忠先生大事记，我发现，在 1966 年就读头城高中时，阮义忠在青年美术老师的关照下，得以在工作室里自由地绘画、阅读，他把当时小镇上所能找到的书几乎都读遍了，阅读领域涉及文学、哲学、心理学、艺术、戏剧、音乐等各个领域。回过头来仔细体会，不难发现，对中国大陆影响深远的台湾艺术家们，他们基本上都具有比大陆艺术家们更加全面深厚的综合人文素质。相对于他们，大陆艺术家们常常表现出唯"技术"马首是瞻的特征，不知什么时候起，开始逃避社会的关注，拒绝从其他艺术种类汲取营养，最为可怕的是，开始拒绝哲学甚至拒绝思考。这种状态下琢磨出来的艺术，注定苍白而虚无，即使无害，也常常不免沦为宠物，而当行为艺术等当代艺术顺应艺术的逻辑来关注社会的时候，因为某种程度上的先天"基因"缺陷，即使凭借艺术家的敏感触摸到一些问题，也难以进行进一步的思考，无力奉献出真正尖锐的东西。相对于其他艺术门类，中国当代摄影之所以能走得更远一些，个人认为，这是重要的原因。

中国大陆难以出现阮义忠，在我看来，除了文化基因的缺陷，传媒空间的逼仄亦是原因。如果阮义忠先生身在大陆，那本杂志能否取得如此成就，恐怕要打上一个很大的问号。无论是早年与痖弦先生及其主编的《幼狮文艺》合作，还是后来投身电视纪录片创作、主办出版社、发行《摄影家》杂志，阮义忠先生一步步地夯实着自己的艺术道路。制作一份有追求的摄影杂志有多难，这个问题，想必一直致力于中国当代摄影建设的李媚更有感触。

前段时间读肖全的一本书《我们这一代》，里面特别提到李媚孤独的背影。孤独背影所承担的，恐怕就有这份艰难。而当我们用更开阔的视野审视中国艺术，也不难发现，无论是最早的方大曾，还是后来的张海儿、颜长江，或者已经没有传媒从业人员身份的刘铮，与传媒都有着密切的关联。可以说，他们的逐渐成长与中国传媒空间的不断拓展有着某种内在的因果关联。这种情况叫我们进一步思考同样都应具有人文关怀的艺术与传媒的密切关系。当然，摄影的媒介特性决定了其与传媒直接具有天然的亲近，但是其他艺术呢？能否同样进入传媒空间以及由这个空间制造的中国现场？

回到此次展览本身，阮先生自己的创作中所表现出的"乡土情结"令人动容。王璜生先生在前言中提到：作为一个摄影家，阮义忠在他三十年的摄影历程中，逐渐在台湾地域文化和历史情境中找到了其摄影观看的立足点，凝视台湾即将逝去的人文价值，见证台湾的政治变化、农业生活转变到工业生活的迷茫、都市化给人们带来的错乱、根文化和本土文化受到的冲击等等。在他的摄影中，我们感受到一种强烈的台湾"乡土情结"或"乡土意识"。那个因为上帝摁下快门，永远翻滚空中的孩子和他身下的大地，对于中国大陆人而言，是如此熟悉又陌生。作为同样是从乡下走进城市，去捕捉现代化叙事尾巴的人们，我自认为很理解阮义忠先生对于土地、故园的复杂情感，理解他此种情感背后农业社会向工业社会转型所带来的变化以及更深层次的问题，并因此不难体会，作为转型历史中的个体，面对巨变而产生的多面情感。注意到阮义忠先生先痖弦而后陈映真，先现代派存在主义而后走向大地的转变。这种情感转折，真实地展示了历史变局中的某种真相。而这种离开又回归的过程，让阮义忠先生对于土地的情感格外真实可信。借用一位朋友的话："土地是我们的馈赠、丰收、沉痛和盗贼。"而阮义忠先生体验过的这些情感，我们今天的国人既不陌生、也不难体会。经过几十年波折，我们正走在阮义忠们曾走过的路上；他们拾起又扔掉的，我们正在不得不一一拾起，却不知道什么时候能够扔掉。我想，这也是类似于阮义忠先生这样的台湾艺术家与知识分子，格外能打动我们的原因。

阐释困境——2009 连州摄影展

　　据说，在中国现有民间摄影节中，与平遥摄影节相比，连州摄影节表现出了一贯的学术严肃性和前沿探索精神。没有去过平遥，未知此言是真是假，但今年的连州摄影节，其学术性倒实在是让我开了眼界，无论是著名传播学者、中国传媒大学陈卫星教授对于摄影节主题"在场与再现"的精彩阐释，还是学术委员会委员鲍昆对于流媒体技术带来影像呈现转变的关注，抑或艺术总监段煜婷女士关于新媒体时代新闻摄影是否已经终结的严肃讨论，无疑都向人们展示出摄影乃至其他领域知识分子们思考的宽度与深度。实事求是地说，在中国文化艺术界心态浮躁的当下，单单是能将问题提出并进行相对认真地探讨乃至会因为学术观念不同面红耳赤拂袖而去，这种现象就足够让我感到必须致敬。

　　但是事情还有另一面。借用杨小彦先生的词："中国现场"其实异常诡谲，当理论遭遇现实，呈现出的效果常常会比言说者们的精彩论述更加复杂，甚至会与理论初衷截然相反。当笼罩广东数日的阴霾被南下冷空气吹散，巨幅海报上"在场与再现"五个大字在连州文化广场前被阳光笼罩而格外醒目的时候，这种诡谲的效果由此产生。而此种诡谲效果，在某种程度上也成为今天理论界在社会现实产生效果的写照。

事实上，当唐·麦卡林那个在战争中战栗的美军士兵成为 2009 连州摄影展宣传海报主角的时候，这种效果就已经出现：相对于一个月前发生在同一个城市，让不少人提心吊胆的中文网志年会，2009 连州摄影展注定是一届各方面都会满意的影像盛会。它异常国际化：请来了罗伯特·普雷斯担任总策展人，让记者们产生了连州是否会成为荷赛预演的美好疑问；而另一位有过留洋经历，致力于国际传播研究与实践的陈卫星对于西方人以及由西方造成的整个人类生存的困惑非常熟悉。于是，在连州粮仓我看到了无数战争，欧洲的、美洲的、非洲的、亚洲的。我们于是痛恨一切战争。在连州粮仓，我们顺理成章，都成了全球化时代的人道主义者。与此同时，本年度连州摄影展又异常中国，关于这个国家六十年的记忆从各个角度各个方面一点点绽放。我们看到了这个国家的青春与野心（孟昭瑞《新中国记事》），又体会到大历史中精英人物的踌躇满志和日常生活的雅致恬淡境界（铁矛《历史正片》、牛畏予《历史负片》），甚至，我们还可以通过摄影师的镜头揭开被刻意遗忘的历史一角（袁毅平《四清》）。不过话说回来，这是安全的偷窥，摄影师的镜头，非常合乎行业规范，合乎一直到今天还影响甚至控制我们的观看原则。

此外，2009 连州摄影展会也表达了足够多的对中国现实的"关注"，区志航尾随着《南方周末》，在每一处可以读懂中国的地方裸露身体做俯卧撑。而蒋志则如上帝般给重庆钉子户两层红砖小楼上面打上一束光。还有汶川地震、垃圾围城、环境污染，这些题材，无论哪一个，也会让观者体会到中国当下生存的脆弱与坚韧。

不过，这次内容丰富又有学术深度，既有现世关怀又有终极追问，既让领导满意又让群众过瘾，既有中国特色又有普世情怀且保持了较高水准的摄影展，总感觉缺少些什么。也许，如果我们将本次连州摄影展与几个月前广州国际摄影双年展相比较，缺少的东西似乎就可以更为明显地显现出来。这就是真正能够影响这块土地的影像的力量。缺乏这股力量，严肃的学术探讨有沦为语词游戏之虞，而展览，则面临着是进入中国文化艺术史还是沦为盛世和谐景观的未知命运。

在我看来，造成这一困境并非影像本身，问题纠结在阐释影像的文字上面，更可以归结到书写文字的阐释者身上。相对于文字，影像有力却脆弱。摄影师的思考最终在影像中凝结，文字却最终决定着影像的效果。在一个更为宏大叙事的层面上，面对异常丰富的表现，阐释者们更应该有一种对于自己使命的清醒认识，一种对于中国社会的真切体验，而非陷入自洽的语词游戏以及某些抽象理论的图像演绎。也许，只有做到这些，阐释者们方能够真正掌控展览，在芜杂影像中凸显出一个相对清晰的面目，真正承担起影像与文字在今天中国社会的责任。

"阐释"即是"理解"。当阐释者们对于中国现场异常陌生的时候，本已经足够震撼的影像会被扭曲，而另外一些作品则有可能被过度阐释，甚至，即使获得了阐释者正确的阐释，却因为受众相对不健全的知识背景，使作品价值被受众扭曲。在我看来，本次摄影展评奖中出现的风波原因即在于此。利奥·罗宾芬的《伤城》在胡武功看来缺乏震撼力是因为其探讨的问题在今天的中国实际上很难赢得共鸣，另一方面，作为经历过番禺垃圾焚烧厂事件的广州市民，我在面对王久良《垃圾围城》作品的时候，除了赞叹，却也知道他的拍摄与思考还没有到结束的时候。

鲍昆将王久良作品阐释为"现代皮屑"：

"垃圾，是现代以来城市化的产物。当人类告别田园般的自然经济生活之后，人类开始为了自己不能满足的欲望生产垃圾。尤其是机器时代以后，人类垃圾的生产能力就像是获得了爆发力，因为我们所有使用和享受的一切物质器物最终的命运是变成垃圾……承受垃圾似乎是当代人类的宿命。人们对垃圾的存在视而不见、充耳不闻。垃圾多了，无处安放，于是人们焚烧它、掩埋它，在垃圾堆上铺上草坪，盖上新房，继续下一轮的垃圾生产。也有人说，垃圾是资源，可以变废为宝，垃圾的生产于是又获得理由，并为资本的扩张找到了新的投资热点。其实这一切的背后都是资本利益的作祟，因为它无休止地向前滚动，滚动中抖落的皮屑就是垃圾……垃圾污染环境，垃圾又是能源，围绕着垃圾的是利益和政治。国家之间、地区之间为垃圾博弈不断。一些人靠垃圾为生，也有人因为垃圾而致富，更有人因垃圾倒下。垃圾最后成为政治。"

鲍老师的这种理解当然正确，但是却没有触及到此问题也许更为关键的层面：中国特色的民众与政府在这一问题上的博弈，民众不享有权利，同时也不愿承担责任，无民权，则民生不得保障。当然，这个层面，也许本身就是其批评的现代皮屑。当然，我在这里说"争议"，并非说王久良的作品不够优秀，而是怀疑这个略显匆忙的金奖，是否就意味着这一影像思考的结束？如是，则实在叫人感觉到遗憾。

阐释的困境同样表现在对区志航的评价上面，在我看来，既然主题是新闻摄影，无论如何应该有一个奖项向新闻摄影致敬。但是区志航的作品属于对于传媒的"再创作"，甚至仅仅是尾随而非发现，难道后者不才是新闻摄影的价值所在吗？也许，不那么符合"新闻摄影理论概念"的谭伟山，才表达了对事件的真正尊重。

说实话，我有些怀念2008年连州摄影展的口号：我的照相机。这个口号挺不学术，却充满了对于中国现实的洞察与智慧，而且，这一绝对民间的口号，避免了学者过于精英的态度，也真正跳出了阐释的困境。

两元女子宿舍：我们共同的梦魇

　　这是不是中国最廉价的旅馆呢？据报道，最近有人制作完成了一部名为《女子宿舍》的纪录片，这部作品创作灵感源自记者偶然走进的一个一天两元住宿费的旅馆，在这个名为"女子宿舍"的旅馆中，二十多个女人挤在一间房子里，这是她们在城市中的落脚点，而且是惟一可靠的一个。有了这个落脚点，这些遭遇不幸的女性民工可以继续着在城市里的生活。

　　两元钱一天，这个价格仿佛是三十年前的事情，那时候还存在着两元钱纸币，纸币中央有个工人在机床前忙碌，身体紧张但是神态安详，低眉顺目温婉可人，似乎表征着一种安定幸福生活和某种对未来的信仰。那时候的两元钱购买力惊人，而今天的两元，仅仅够买一瓶矿泉水或搭一次公交车。

　　作为农民，她们没有了土地，也可能是有其他种种更复杂更深刻的原因，她们也无意再回到自己的故土，更愿意将生命交付给陌生城市冷漠街道车水马龙；作为实际居住在城市中的人，她们没有这个城市合法的市民身份，享受不到这个城市给予的生活保障；她们没有文化，没有现代工业需要的技能；更重要的是，作为中国现代社会中的女性，她们已经没有了青春、美丽，没有了吸引男性的资本，也就没有了用性或者婚姻改变命运的可能。这群人于是就被彻底边缘化并被遗忘，仿佛在异乡悄无声息地消失，这是居住在女子宿舍中的这群人们谁也逃不脱的命运。

面对这群绝对的弱势群体，悲悯之余，我们很容易感到庆幸。比如，如果我是男的，如果我是城里人，如果我有知识文化并且仿佛已经用知识改变了命运，如果我还有个单位，进入体制，虽然还没有买房，而且买房的可能性越来越小，虽然一场大的疾病就可让我的奋斗化为乌有，但按照统计局等部门的数据，我已经中产，起码现在我还有着体面的生活，与她们不同。

更何况，理智清楚地告诉我，在中国，乃至在世界其他地方，人类本来就是生而不同，我们一出生就带着现实的社会关系和种种时代的烙印，这种烙印可能决定了我们注定就是胜利者成功者，是这个时代的得益者，即使算不上"成功",也拥有改变命运的种种可能,最起码,可以用自己所有的智慧和才能保证自己拥有一个卑微庸俗功利却安稳的生活。

但是,内心中恐怕另一种声音又在不断响起并告诉我们,这些女人"多像我的母亲、姐妹、外婆、姨妈!"她们和我们都一样,都是生活在这个时代这块土地上的人民。如果我们没有那些"幸运",这群人承受的东西就会是我们自己的命运。而实际上,一个正常的社会,要保证的恰恰是没有这些"幸运",人们还能保证生活和起码的尊严。

那张绿色的两元纸币连同它随后的版本已经退出流通,成为藏品,三十年过去,伟大起来的是种种的"幸运",去掉这些,改变的似乎并不算多。不过还好,还有开这家旅馆的老板娘,人性的强悍和韧性依然会给我们带来光亮。

学术正业

对中学生阅读的焦虑及其潜台词

我非常喜欢看钱理群先生的作品，却始终没有兴致去翻他推崇的鲁迅，这是中学语文给我带来的伤痕。中国缺少有趣的电影，有趣的书乃至有趣的人，语文教育难辞其咎。

昨天新华网教育频道挂着来自《长沙晚报》的一条新闻，说的是《哈利·波特》系列成为长沙中学生票选十大好书第一名，同时上榜的还有《傲慢与偏见》、《大地之灯》、《狼图腾》、《追风筝的人》、《肖申克的救赎》等，却无所谓的"经典名著"。另有问卷显示，另一学校 50% 的学生课余时间埋头于各种课外辅导书，30% 阅读轻松青春书籍、上网冲浪和看电视，仅有不足两成的学生阅读经典名著。针对中学生阅读状况，有教师主张在升学考试中考察学生的名著欣赏水平以增强中学生阅读经典的主动性，有中学党委书记用"切肤之痛"形容自己的心情，更有本地文艺领导指点迷津，指出屏幕阅读、数字阅读是肤浅阅读。国家要从制度上保证文化的传承，整个大学阶段还要继续传统文学基础性的学习，等等。

仔细看这篇新闻，发现有关方面的焦虑可以分成三重：第一重是，现在的中学生课余时间不看书了，要么忙着做题，要么上网；第二重是，这些业余时间看书的学生，看的也不是经典，没有将有限的阅读时间投入到更有价值意义的图书中去，他们应该去读四书五经，读四大古典名著，读楚辞，读鲁迅、巴金、茅盾、丁玲、郭沫若，而不是去读《哈利·波特》；第三重是，对于进入体制，也就是被高考的文学名著，学生们没有从人物描写中心思想时代背景人文色彩伟大主题的角度去读，而是一味追求故事情节的趣味性。

我觉得，第一重焦虑，需要被指责的不应是学生而应该是过于庞大的"课上时间"的延续与膨胀及其背后沉重的升学压力；第二重，所谓读经典，学生们选评出的这些书，有些是好书，比如《追风筝的人》，比如《肖申克的救赎》，有些我认为很烂，比如《狼图腾》，有些我没有关注过，不过没有发现反人道的非法出版物。而且，先不论这些书目，我怀疑，等到这些中学生读完四书五经学习完四大名著，记者再做调查，还能不能保证他们听到的是真话；至于第三重，中学教育中反趣主义倾向简直就是扼杀文学名著。

其实，这些焦虑，有意无意中都将矛头指向了网络。我混过的美学圈不少"有识之士"，如新闻里的这些老师、书记、文艺领导一样，对新媒体勃兴及其后果深恶痛绝。他们的理由是书记说得差不多，数字化阅读摧残了中国人的思维能力和文学价值，世界被图像、口语充斥，理性的光芒消失。他们理想中的世界是这样的：西方被互联网折腾得七荤八素找不着北，青少年沉迷网络流行文化情色网站不能自拔，而唯我广大中学学生精神振奋团结一致，坚持以文学经典为中心，一百万年不动摇，中国青少年不上网不抽烟不喝酒不迷港台明星不迷西方摇滚只读圣贤之书好好学习天天向上，长此以往必能实现民族的伟大复兴。这些看起来都是有关方面焦虑背后的潜台词。不过，咱们的学生要真是按照他们这个标准塑造出来，中国是不是又进步了？更美好了？还真难说。

学术的金手指

中国高等教育与学术研究之怪现状，看多了真就懒得说，我常在报端看到张鸣、熊丙奇、陈丹青诸位先生对于中国教育进行情真意切地热嘲冷讽，读到此类文章，在心里总是非常钦佩他们，佩服的不仅仅是见识、勇气，更是那份韧劲和耐心：明明知道说出去的话没什么用，还是坚持说，而且说了这么多年还不气馁。说实话，在我看来，公共场域的声音在封闭的学院圈子里根本就不会得到认真对待，而且，即使有所触动，公众媒体施加的压力通过各层主管领导学校官僚机构一路传导下来，再落到我等普通教师那里，也早就变味了。教了几年书，发现无论是教学还是做学问，遭遇到讲理的规定是极个别，万一幸运遇到了，肯定会报以过年的心情露出感恩的笑容再附送几次含泪，可惜几年下来，这样的时候不多。所以有时候想想，如果真的这样继续生活下去，我不妨再减减肥美美容，把我的一级乙等普通话证找人换成一甲，不是据说某重要节目要改版吗？说不定阴差阳错能混进里面做个播音员什么的，而且我发誓不会泄密，忠于祖国……我估计在中国高校，有这样感受的人不算少数，我猜，云南大学的王凌云讲师，也许是其中之一。

我不认识王凌云，之所以有这种猜想，是因为《东方早报》15日发了一则消息：国内哲学界权威学术期刊《哲学研究》刊登了署名"陆杰荣、杨伦"的文章《何谓"理论"？》，其中陆杰荣系辽宁大学副校长，杨伦系陆杰荣的硕士生，北师大在读博士。该文章涉嫌抄袭自云南大学讲师王凌云多年前的一篇讲稿《什么是理论（Theory）？》。据王凌云表示，《什么是理论（Theory）？》系他于2002年所作，2004年他以"一行"的笔名发表在网上，并被"中国学术论坛"和"左岸会馆"网站转载。经过王凌云与早报记者比对，陆杰荣、杨伦版《何谓"理论"？》至少有80%的内容原封不动复制了王凌云的文章。

被爆料以后，这则新闻按照惯有的逻辑顽强前行，杨荣承认自己抄袭，将责任全部揽下，声称自己的老师并不知情，副校长宣布自己是被学生骗了。估计再过些日子可以进一步，副校长痛心疾首自己的麻痹大意，为了对付必须发表核心期刊论文才能毕业的中国高校的变态规定，出于舔犊之情，对学生的论文没有仔细审读就署上自己的大名。甚至不妨更进一步，中国高校以此为契机掀起反对学术腐败运动，禁止导师与学生联名发表文章，以后评定职称奖励一概杜绝联合发表现象等等。但明眼人一看就知道，所有这些，对于中国高等教育与学术研究而言，根本不是寻找真正病灶的对症下药。我觉得这次事件最值得关注的，还不是副校长涉嫌抄袭显示中国高校鲜廉寡耻，而是事件中好像不那么起眼的"学术小人物"王凌云讲师。

王凌云 1979 年生，2002 年写那篇文章的时候仅仅二十三岁。2007 年出版著作《词的伦理：汉语新诗研究之一种》时年仅二十八岁。我特别找来其著作前言，说实话，现在能看到一篇学识才情俱佳，思路明晰的学术文章实在是难得的事，王凌云文章读来，实在是一种愉快的经历，而从王的自述中依稀可以勾勒出的学术生活轨迹，更为引人瞩目：与太太合办网络论坛，与公众媒体合作，翻译作品，撰写自己认为有价值的文章，放到网络观其慢慢流传，在媒体与学者挑剔的眼光中展示才华获得认可。这简直是为中国当下人文学科青年知识分子开拓出另一种生存与致学的道路。只是这条道路，在中国高校和学术研究领域的评价体系中，很难得到承认。

古希腊神话中有一个金手指的故事，小亚细亚佛里吉亚国王迈达斯贪得无厌，渴望拥有点物成金的本领，成为世界上最富有的人，酒神狄俄尼索斯实现了他的愿望。自此迈达斯所触及的每一样东西都会变成黄金。同样一篇文章，没有金牌导师合署名的情况下，只能在网上流传，有金牌导师，马上就可以上核心期刊可以评职称，获学校奖励。这是这件事情给人们的启示之一，这些掌握权力的导师，长的都是金手指，权力何其大。

　　如果说导师是学生的金手指，不妨更进一步追问，谁是导师的金手指？除了师傅带徒弟的游戏规则，我觉得还有其他东西。查下陆杰荣教授最重要的学术著作之一，他的国家课题，单论找到的目录和内容简介，在我这一外行看来学术质量都挺高的。但是仔细看看，立场无比正确，研究方向绝对光明，结构、语言异常精巧。只不过，殚精竭虑费尽心血做出这样一个体系，想想总觉得有些荒谬。把某一种调子用自己的嗓音唱得尽可能动听，这是不少中国当下人文学者的工作，而这个调子，以及每年出来的指南系列，恐怕才是真正的金手指。没有被这根金手指点到或者不愿意被点的青年学者，再有才华如王凌云，恐怕也只能是"被抄袭"的讲师。

"中国式拜师"与"中国式申遗"

　　我觉得武侠小说中最恶搞的情节之一，就是拜师学艺时老师坚辞不受，学生程门立雪、久跪不起，几天几夜最终感动了师傅，收为徒弟悉心传授。这种故事，在年龄增长了阅历增加了心理阴暗了以后再琢磨琢磨，怎么着都觉得不是滋味：分明是师徒双方瞎算计嘛，要么是老师早就相中了学生，但还是故作为难状，考验一番，坚定其学习功夫以及向哪一位师傅学习功夫的恒心；要么是学生相中了老师，不管三七二十一"扑通"跪下：如果不收我为徒就死在你面前啦！你就忍心看着祖国的花朵在你面前一点点枯萎？如果这样你还有人性吗？

　　文学是人学，写武侠小说的是侠之大者，不管有没有加入作协，人道主义理念总是有的，是贯穿在人物形象当中的，所以无论是郭靖之于江南七怪，还是韦小宝之于九难，最后的结局总是师傅找到徒弟，徒弟找到师傅，皆大欢喜。不过我总在怀疑,经过这样一番折腾和算计,师傅待徒弟、徒弟待师傅究竟还剩下几分真诚?特别是后一种,根本就是在要挟。

上述感慨是看了河南文化厅某位官员的高论而发的,据《东方早报》消息:第33届世界遗产大会对二十七个新申遗项目进行了审核,我国山西五台山涉险过关,而另一申遗项目嵩山历史建筑群被要求补充材料,留待明年定夺。中国申遗连续十五年一次性成功的奇迹就此终结。而对于嵩山历史建筑群申遗的暂时"卡壳",会议现场的郑州市文化局有关负责人说,其实会前专家团已给出否决性意见,"我们强行闯关遭遇'卡壳',虽然未能如愿,但是基本目标已实现。"这位负责人表示,经过大会一个多小时激烈辩论,嵩山历史建筑群申遗由"无限推迟"改为"明年表决",明年可直接成为候选景观地。

看到此番言论,我脑海中依稀浮现出一幕香艳景象:韦小宝抱住了师太的大腿:师傅,收了我吧。你要是不收,明天我还来抱。我坚信这次申报世界文化遗产的嵩山历史建筑群,包括最著名的那个少林寺明年肯定心想事成,功德圆满,就像韦小宝最后得偿所愿飞黄腾达偎红倚翠告老还乡一样。没有中国人办不了的事!奥运会后,作为中国人，这点自信更是有的，世界遗产大会和联合国教科文组织刁难中国申遗的那点伎俩，如何敌得过我们"天地之中"传统宇宙观和以"中岳嵩山"圣山崇拜为核心的理念？果然，河南官员信心满满，明年嵩山申遗肯定成功！只是苦了排号排到明年的西湖了——中国式申遗工作，看来又得多折腾一段时间。

中国人的本事在于，既可以将"拜师"变成"中国式拜师"，又可以把"申遗"变成"中国式申遗"，比如丽江。2006年，在这个据说是纳西族文化的原生态标本的所在地，我在门口肯德基吃完晚餐，天渐渐暗下来，穿过门口大水车和围成一圈跳舞的纳西族老太太，马上就被拥挤的人群和挤挤挨挨的各色时髦酒吧惊呆了：原来这里已经成了中国遭遇激情几率最高的地方之一，红男绿女，目光灼灼，寻找猎物。当在我看来，丽江正在成为另一种"世界文化遗产"——作为中国人自由性感的象征，进入中国21世纪历史的书写中。不过这个身份，和它被亮黄牌、被质疑还是不是纳西族文化没啥关系了。

各地政府争夺世遗的热情与动力，说白了很简单：文化搭台，经济唱戏。他们追求的是财富与政绩，是"世遗"金色招牌带来的旅游收入和其他资源，与"文化"关系不大。这也是为什么从 1987 年到今天，一方面我们的"申遗"越来越热，另一方面胡同、四合院、石库门却越来越少的原因。我们真把这些东西当做主人死亡后留给我们的"遗产"了！一旦申请下来，往往就开始大肆开发，而且开发必然无序，因为无论是拆还是建，仔细品读，缺乏的，都是对于自身文化传统，对于祖先，对于历史真诚的了解与敬畏。

学术正业

在这个时代文科教书匠怎么才能赚到钱？这是我落脚在高校之后思考最多的问题。虽然领导总是在教育我们这些年轻教师要耐得住清贫，耐得住寂寞，一一听来，佩服至极。不过，千不该万不该，我居然还去读了几本民国野史，知道了当年那些臭老九知识分子居然可以过上今天高校老师想都不敢想的高薪生活，还可以住四合院，包车。知道这些，再对比同是一方水土的香港、台湾的高校，琢磨下"春蚕到死丝方尽，蜡炬成灰泪始干"的美丽口号，怎么着都觉得是管理者的安慰之语。

话说回来，民国的故事，只能想想而已，回到现实，一个学者，或者用我更习惯的说法，在大学里教书谋食的人，在现在要想过得滋润，有钱买房买车间或飞单，基本上有以下几条道路：一，狂发论文。最好一年能发上一百篇中文核心或者 CSSCI。不要以为我在说笑话，这样的牛人还真有。他们常常被各个高校管理者树为学习标兵，号召大家学习他一个月写十篇论文的刻苦钻研精神，当然，表扬不是口头上的，是和利益挂钩的，而且是明码标价的，比如，一篇中文核心可能奖励3000元，一篇CSSCI会奖励5000元，最顶级刊物奖励10000元，同样重要的还有《新华文摘》、《人民日报》等主旋律报刊，发得多，奖得多。为什么现在论文造假，抄袭情况严重，甚至院士校长涉及其中？我想这个奖励制度，要负一定责任。

第二条道路是申请课题，申请课题不是乱申请，是严格地按照课题指南，皓首穷经专注填表。实际上做的工作，用我以前文章里的说法，就是把一个调子用自己的嗓子殚精竭虑再唱一遍，而且，比的是谁唱得好听。当然，课题搞到，数万经费，学校往往相应配套，也算得一小小富贵。

除了前面两条道路，还有一条道路更加名利双收，就是上央视《百家讲坛》，去做学术明星。这一档央视栏目自从2001年7月9日开播以来，已经捧红了一干学者，这些学者被称为"学术明星"。这些学者多是文史方面的，通过《百家讲坛》惹来粉丝无数，出书签售，出席活动，名声在外，惹人眼红。以学术研究者身份名利双收，然后忙着走穴、爆料，这自然叫人有些看不过去，但即使是埋头致力前两条道路的"正业",究竟有没有价值,我觉得答案也是否定的。

我感兴趣的是下面一些问题,在今天的中国社会,学术正业究竟为何?中国学者和传媒、大众的关系究竟应该怎样?知识分子如何走进传媒?应该走进什么样的传媒?面对传播链条另一端的公众,究竟应该表现出怎样的面孔?

什么是学术正业?也许答案不难找出,进入中国现场,面对真问题,寻找真答案。学术要不要走向传媒?这更不是一个问题,自从现代性意义上的传媒:报纸、广播、电视出现以后,走向媒体是一个学者完成其学术价值,实现知识分子使命的必然。在西方文化思想界,开专栏的,做节目的,不知有多少,罗素、福柯、鲍德里亚、波普尔,无论是欧陆还是英伦,他们通过传媒,宣讲自己的主张,有效参与社会进程,这可能才是学者们的"正业"之一。

"老教授潜规则女学生"
带来的双重惊诧

　　惊闻中央音乐学院七十高龄老教授潜规则 80 后女生。据《新京报》报道，中央音乐学院一位知名博导教授与一名准备考取该校博士研究生的女学生发生肉体关系，并收受该生十万元贿赂以便帮助其考博。后女学生未如愿，且闹到学校，该教授只好主动向校方纪检部门主动坦白此事。

　　这里所谓"惊"闻，其实并非惊诧一树梨花压海棠的香艳画面，也非惊诧博导利用手里有限的权力积极寻租——在教育乱象层出不穷的今天，无论是校长抄袭还是院士造假，抑或教授潜规则女学生，对于中国教育，实际上都只是皮相。我所惊诧的，是下面这些东西。

　　首先是老教授的身体素质。七十岁的老人，面对一青春年少 80 后尚能策马扬鞭图谋不轨，对比那些没钱也要喝点三鞭酒、闲来就琢磨烤一对大腰子的平民百姓，着实令人羡慕。

其次叫我惊诧的是，当事女生实在彪悍，为达目的，送钱献身无所不用其极，可一旦事情不成，马上可以撕破脸皮闹到学校，置教授于绝境。罗胖子永浩曾经说过，彪悍的人生不需要解释。不知道彪悍如他，遇到这样的女生和这样的世界观，又会有怎样的感叹。在我看来，"彪悍"背后，是对于一纸文凭的疯狂追逐。这种疯狂劲儿其实并不仅仅属于那个女学生，而当属于整个中国教育体系。这几年中国博士大跃进，科研论文数量大跃进，可高校水平、科研水平是不是真进步了？

回到新闻，其实，如果彪悍女生做事不是那么冲动，搞出这些事来叫各方下不来台，就凭她挥手就派出十万元的潇洒派头，就凭她二话不说勇于献身的干脆利索，名列博士行列还不是早晚的事？而一旦进入目前这个教育体系，凭着如此"彪悍"的做派，教授博导还不是手到擒来？我相信，她只要忍下了这口气，过不了几年，一位青年音乐学家就会春光满面、神采奕奕地出现在我们面前，教育大家要欣赏高雅艺术，要反三俗。

鉴于我自己就混迹在高校，属于削尖脑袋向上爬的人群，就此事我初步总结出如下经验，以供未来万一有一天自己混到可以玩潜规则的时候用：如果我是梁教授，我肯定不会找到学校纪检部门主动坦白，而是抓紧时间写几首情诗，这样有人找上门来，就朗读给他们听，说这事其实是纯洁的爱情；再找自己的太太唱红脸，说那小女子是狐狸精，蓄意破坏我们的家庭。当然，钱是得收的，但是在考试完事之后，打上一两年的时间差：反正学生进来，如同小鸟入笼，总在自己的手心。

汉字"被整形"民众"不高兴"

新中国六十华诞来临之际，教育部端出来一个《通用规范汉字表》，面向社会公开征集意见。这个字表拟调整四十四个汉字的写法，其中包括几个常用文字如"新、杀、条、杂、亲"等等。消息一经传出，即遭网民、媒体舆论迎头痛击，冠之以"瞎折腾"之名。事情尚未平息，主持此课题的某位专家教授又发出言论，称所获意见中，67%对改字表示赞成，反对的只有6%。这一番视汹汹舆情如过耳清风，睁眼说瞎话的言论，更是引起公愤。

从民众的角度来看，"教育部改字"，实质不过是当代中国无数"被"事件中又新添的一桩而已。无论是"被中产"、"被就业"、"被补碘"，还是本次"被专家代表修改文字"，昭示出来的，都是国人无力掌握自己生活的尴尬状态。而今天的人们更是不难发现，总有一双眼睛含情脉脉地盯着你，这双眼睛可能是相关权力部门的，也可能是专家的，艰辛却还算平静的日常生活，总是被这双习惯掌控一切的眼睛觊觎、关照。这种感受，恐怕正是人们对于汉字"被整形"，从内心激烈排斥的原因。

上世纪先后出现过两次由政府主导，推广简化字的运动：一次发生在民国时期，一次从20世纪50年代开始，一直延续到今天。不过，第一次推广遭到激烈反对，很快就偃旗息鼓；而第二次推广，由于简化字在当时解放区获得了特殊的地位，被尊称为"解放字"，待到新政权建立，书同文车同轨，简化字最后终于一统江湖。不过，文字改革工作毕竟不是一蹴而就的事情，背负这一使命的相关机构从此就指导起人们的语言文字，一直到今天。根据相关"专家"自述，这次修改字体，是对自50年代确立的简化汉字规则的继续贯彻。

平心而论，这次修改，与50年代那次彻底废除繁体字、确立简体字法定地位的修改，根本不可同日而语。但这次教育部遭到的反对声音也要大得多，与众多学者专家针锋相对的民间立场开始发声，且有了互联网以及其他媒体作为途径传递声音。也许，经历了历史变迁，今天的人们已经意识到，"语言文字"不仅仅是政府专家的事情，更是自己生活的一部分。每个人，不管是不是专家，都有坚持自己书写方式的权利，也都有使用自己所熟悉的语言文字，以及体验语言文字背后特殊情感、记忆的权利。

最后要说说此次事件中的专家学者。我不怀疑这群学术高人的真诚和对学术的执著，但是同时也不能不说，他们实在是有些惊世骇俗，不是发人深省的惊世骇俗，而是贻笑大众的惊世骇俗。这种惊世骇俗反映出当前中国学术研究某些深层次的基因缺陷：学术研究没有在常识的基础上展开。

学者们没有意识到人民使用语言文字的天赋权利，殊不知所谓语言"规律"，乃是一种事后的"总结"和"解释"，是先有约定俗成的大范围使用，再经过科学分析形成规范。这虽属语言学的专业范畴，却也并非什么艰深难懂的理论，甚至可说是基本常识之一，拥有高学历的"专家"们难道不懂吗？他们企图将学术研究搞出的所谓语言规律通过相关权力机构强行推广，这种背离常识的学术生产方式和学术影响社会的模式，正是有关专家激起民愤的原因之一。这一问题不解决，汉字"被整形"这样的闹剧，估计还会不断上演。

师道尊严

教师节来临，整个社会好像突然发现自己还都是老师教过的学生，鲜花、掌声、不知是不是真诚的恭维，扑面而来，叫我们这些教书匠们无所适从。今年教师节还有更好的消息，国务院总理温家宝 2009 年 9 月 4 日发言强调，教师待遇不能低于同级别公务员。

不过，对于中国教师，这还不是他们最需要的教师节礼物。2009 年 9 月 8 日《中国青年报》一则报道在某种程度上表达出了教师们的真实想法。这则新闻的标题是：教师节，老师们更希望社会以维护师道尊严作为节日礼物。

所以，相对于提高教师待遇，如何维护教师的尊严可能更为教育从业人员所看重。毕竟，这是一份特殊的，不同于其他的职业。教师并非如推销洋葱白菜一样是知识销售员，教书育人在某种程度上是教育无法短缺的两个车轮，而对于大学文科教师如我，也许"育人"常常比知识传授更为重要，前不久与一位成绩优秀的毕业生聊天，谈到大学四年的教育，她说，所学知识已经全部忘记，所受教育感觉最重要的是世界观和理解问题的方法。对这个学生的说法我深以为然，可一个没有尊严的老师，如何谈得上育人二字呢？

不过，我们今天的难题恐怕是，师道尊严从何而来，如何保障？相对于寄希望于提高社会对于教师职业的尊重，无法保证老师可以批评学生，享有师道尊严，我倒是觉得，身为教师，不可忘记师道尊严更为重要的一面：师道自尊。师道自尊是师道尊严的基础，因为，没有这个自尊，即使老师的待遇比公务员还高，整天生活在社会艳羡的目光之中，是否真有师道尊严依然要打上一个问号。而事实上我们也清楚，掌握财富、拥有权力的人，往往未必是拥有尊严的人。

话说回来，在今天的中国保证师道自尊，跳出来想想，真不是一件容易的事。我做了几年老师，常有感觉师道尊严全无的时候，但这些时候既非面对学生也非面对家长，而是面对庞大的教育行政体系以及他们制定的游戏规则：从本科教学评估到职称评定，从课题教学规范到要求教师积极申报，结论已定的课题，一直到追求论文大跃进，规定每个老师每年必须发表在核心中文期刊论文的数量。

我认为，今天建设师道尊严要以师道自尊为基础，而师道自尊，则应建立在保持心灵自由的个体人格基础上，建立在对于人类普世伦理价值的坚持之上，建立在对真理的坚守、勇气与智慧上。其实，所有这些，不过是些常识性的东西。比如，不作假、不说谎、寻找真理、真诚思考、善待他人。

博雅学院：意义有限的教育实验

中大博雅学院终于开学了，八千新生，最终有三十五人成为博雅学院的学员，其中来自农村者，仅仅有五人。（《南方都市报》2009 年 9 月 20 日）

自从见诸报端，博雅学院一直处在争议之中。其实，在今天的教育体制下，数千学子中挑出三十多位，集中师资加以培养，对于学生而言，肯定是机遇难得。至于课程设置是否太过脱离现实，在大学念过文科的学生，心里恐怕也都清楚，阅读、思考，利用图书馆等学术资源寻找自己的思想道路，比上课听讲要重要得多，事实上博雅教育在设置课程时已经注意到这一点，给了学生自我发展的空间。至于学生出路，仔细看看博雅学院的学生，有已经出版十五万字小说的小作家，有已经周游列国的中国交响乐团附属少年及女子合唱团团员，这些孩子，家庭背景想来不差，四年过后，出国深造，读硕读博，当是顺理成章。

即使愿意走向社会就业，凭借自身素质和学校帮忙，谋一份叫人羡慕的差事，根本也不是什么难事。至于大家最关注的培养"大师"，考虑到这个称谓本身具有的模糊性、相对性，那些海外读完博士的博雅学子，在校园中再坚持几十年，顶上这一顶桂冠，也不是完全没有可能。

所以，我觉得博雅学院实在是不难成功。不过，事情存在另一面，即使博雅学院成功，它对于中国教育，意义有限。博雅学院院长甘阳精英化的教育心态使他的教育模式只能适用极少部分人，这一方面造成了中大内部教育资源在事实上分配不公平；另一方面，在大楼凸显，大师日稀的今天，用丰厚资源堆出几个大师胚子，这种教育试验本身总有些搞面子工程的嫌疑——不是说中国没有大师吗？我就培养出几个叫你们看看。这样想来，轰轰烈烈的博雅学院，某种意义上掩饰了中国高等教育的真正问题。

除此以外，博雅教育最叫人心生疑虑的地方还在于，通过核心课程设置彰显出甘阳、刘小枫他们在 20 世纪 80 年代所行的，通过思想、文学、学术理解来改变中国社会现实的思路。这种思路在今天事实上已经被证明存在缺陷：面对已经变化、复杂吊诡的社会现实，这些曾经的文化英雄们往往难以给出合乎常识的论断，更不用说是对症的药方。这恐怕是甘阳等人在今天影响力日渐消减,其教育试验亦引来舆论担忧的原因。"不是培养亿万富翁,而是培养大学问家、大思想家"的口号,也恰恰从侧面证明了文化精英心态造成的偏狭——作为高等教育的文科老师,我深知培养亿万富翁与培养大思想家、大学问家一样可遇不可求,而今日中国,最需要培养的,应该是许知远所说"能够揭露黑暗的新闻记者、富有正义感的律师、有社会良知的商人、愿意推动变革的官员"。

相对于中大博雅学院,朱清时先生主导的深圳南方科技大学则值得给予更多关注。有教育家风范的朱先生在南方科技大学建设中提出的去官化和去行政化,按照教育规律办事,实现教授治校等可以说正中教育体制之弊。在这个意义上,不管最后结果如何,不管这次试验会不会成为"烈士",南方科技大学都将在中国教育史上留下引人注目的印记。

中国大学：自娱自乐或者供人娱乐？

自娱自乐，这是一位企业家对于中国高校自然科学与技术研究的评价。据《中国青年报》报道，在日前举办的2009年宁波大学校长与企业家论坛上，浙江沁园集团有限公司董事长叶建荣却发出惊人之语。他以自己的经历为例，指出目前高校科研项目与企业需求相距甚远。"这座计划经济的'最后堡垒'非打破不可。"而此次论坛提供的一组数据也在某种程度上支持了叶建荣的观点，据有关资料统计，目前，我国科技成果转化率平均仅为20%，实现产业化的不足5%，专利技术的交易率也只有5%，远远低于发达国家水平。

其实，仔细推究起来，叶建荣先生的观点不无问题：学术研究之中，基础学科往往是异常重要却难以直接产生经济效益。中国基础学科研究本就薄弱，如果片面要求科学研究适应市场，片面要求学术为市场服务，对于中国科学研究的长远发展来说，恐怕也未必是好事。

　　但是，除去这些偏颇之处，作为某种意义上的旁观者，叶荣建先生的观察与感受在一个侧面揭示了中国大学科研之弊病。那就是，作为一个封闭的系统，中国高校及其他研究机构，对科研人员、科研工作进行评价的体系，既非学术研究共同体本身，又非能产生经济效益的市场，更非社会民众，而是一个由学术官僚主导的，通过种种名目：各级课题、核心期刊等等组成的网罗。身在这一网罗之中的研究者们，只能被这些名目牵着鼻子走，因为只有这样，才能顺利地由讲师变成副教授，教授变成博导。至于自己的研究究竟能有多大价值，对社会发展能否有所促进，甚至所思所言能否对得起自己的良心，就根本无暇顾及了。

　　这一段时间关于中国教育、科学研究的议论真是不少。先是诺贝尔奖照例与吾国无缘（当然华人是有的），然后是几个大学校级领导涉嫌经济犯罪被捕，还有，复旦大学著名新闻学者李良荣先生主编的某国家课题项目成果中有抄袭现象。

　　值得多说几句的是李良荣先生主编的《历史的选择》有章节涉嫌抄袭一事。熟悉中国学术江湖的人们可能多多少少会有些奇怪，同门相讼，师门遭辱，如此较真，这实在不像是中国当代学人作为，但不管背后故事如何，学术就应该如此较真。

不过，事情另一面在于，对于中国文科学术研究，如果仅仅是抓住"抄袭"等问题，未免只关注细节，却忽略了更大的弊病。这个弊病在于，在目前情况下，此类"高层次课题"，无论真唱假唱，唱的多是颂歌。不少人的心态恐怕是：既然都是颂歌，真唱还是假唱又有什么区别呢？如果说，自然科学、应用技术研究还可以凭借所谓的科学属性玩自娱自乐的游戏；对于文科学者，可能自娱自乐都不可得了。

其实，针对重重乱象，应对的药方已经开出：正如中国科学院政策所张洪石提出的，要在投资体系与评价指标方面进行变革，而厦门大学教授谢泳先生亦提出了由民间赞助学术文化活动，甚至由民间确立学术评价体系的构想，应该说，这些都切中中国学术研究之弊病。只是，这些想法，究竟有多少能被真正掌控大学与研究机构的人听进去，即使听进去了，又在多大程度上，多久以后可以稍稍改变，就不得而知了。

胡舒立入职中大：

新闻共同体进入高校？

今年中大新闻还真是不少，围绕博雅书院的争论声音还没有散去，又有一猛料出来：被戏称为"中国最危险女人"的胡舒立，将会来到这个岭南学术重镇就任新闻学院院长。

之前在一篇文章里曾经说过"一本杂志的灵魂是主编。"末了加上一句："你能够想象没有胡舒立的《财经》吗？"结果，没有胡舒立的《财经》出现了，胡舒立反而来到我生活的这座城市。不过我还是坚持自己的判断，没有胡舒立的《财经》，恐非那本人们熟悉的有关怀、有理想、立场鲜明、卓尔不群的杂志了。

在世界高等教育领域，像新闻传播乃至其他关涉社会现实的人文学科，由社会经验丰富，在业界取得瞩目成就的社会人士担任行政领导职务，授予其相应的学术荣誉与地位，可能是一个通行的做法，而且效果好像不错。印象中，不少前政府官员、知名艺术家、公众知识分子都在高校里觅得一块清净地方，教书写作，服务社会。这其实正是一个社会体中大学发挥自己作用的表现。

据相关媒体透露，胡舒立接任中山大学传媒学院院长，既非名誉也非挂职，而是实实在在地承担起一个新建新闻学院的院长之职。这一讯息既让人欣喜，又不禁叫人为胡舒立捏一把汗。欣喜之处在于，一位知名媒体老总、公众知识分子在事业进入巅峰而锐气尚存之际回归校园，回归新闻传播教育，对于学生、社会均是一件幸事。今天的中国大学异常需要胡舒立这样的公众知识分子：立足这块土地，致力常识，独立发言。事实上，广州几所高校新闻学院掌门人，无论是任职暨南大学的前南方报业老总范以锦还是任职华工的知名媒体评论家李幸，以及即将到来的胡舒立，身上都会有些相似的味道，南方新闻传播教育未来小有气象，当为可期。

但是，虽然已经风生水起，声名显赫，胡舒立毕竟是这个体制的圈外人。今天中国的大学，与胡舒立读书时已经差别甚大。回到体制中，一个崇尚自由，又以强硬与坚持著称的女性能不能超越大学行政化之后的各种奇妙规定，并且作出一番事业，我们只能在疑问中给予祝福了。

　　傅剑锋曾经提到一个媒体共同体的观念："在新闻从业者这个职业群体里，已经有了一大批这样的人，他们因为对于真相、责任、正义的共同的神圣体认，而有了同声相应、同气相求的默契。这实际上意味着，转型中国的一个特别的职业共同体已在开始形成。"在我看来，胡舒立入职中大新闻学院最有价值之处在于，这是"媒体共同体"进入教育界的开始，这个共同体开始尝试从传媒之外的另一个渠道影响中国社会：通过高校、通过课堂，不那么立竿见影，却更为久远深沉。

加缪移葬先贤祠？尊贵不能移

明年是法国哲学家、作家加缪逝世五十周年。据《东方早报》消息：法国总统萨科齐上周宣布，欲在加缪去世五十周年之际，将作家遗骨由普罗旺斯一偏僻公墓迎至巴黎，重葬于先贤祠，与历代鸿儒豪杰共眠。不料，计划遭到作家之子——六十四岁的让·加缪反对。同时这一事件也引起法国社会的热议，据《观点》杂志民调显示，60%的法国人反对这项提议。几经较量，爱丽舍宫只能偃旗息鼓，以一句"再看吧"匆匆了事。

不少去法国的游人，都会到先贤祠一游。这个先贤祠，原是法王路易十五大病一场之后，为还愿修建的教堂，结果建成后不久，大革命爆发。革命中的制宪会议决定把它从教堂改为存放国家名人骨灰的祠堂，并取名为先贤祠（Pantheon）。到第三共和国时期，这里最终改成国家名人祠墓，延续至今。

所谓"先贤祠",即是希腊语的"万神殿",长眠于此的，皆是伏尔泰、卢梭、雨果、左拉这般伟人。可以说，身后进入先贤祠，也就意味着获得国家认可，永垂不朽。如此送上来的流芳百世，为何加缪后人却选择说不，而多数法国人也并不认可？

照我看来，加缪后人拒绝将加缪坟墓迁入先贤祠，并不是想贬低其父对于法国乃至人类社会所作出的种种贡献，而法国民众那 60% 的反对意见，亦非对这位作家哲人不认可。他们反对的，是政客借着为先贤办事，顺便往自己脸上贴金：萨科奇本是右翼政客，而加缪却是左派知识分子。更何况，移葬加缪的原因之一竟然是要借着他的名气吸引游客增加旅游收入，这种理由，更显得是在占死人便宜。

事实上，无论加缪进不进先贤祠，或者无论先贤祠有没有加缪，都无损两者的伟大。这件事情，值得我们关注的，倒是一个健全的社会该如何对待知识分子，以及知识分子该怎样看待自己与社会、政府之间关系的问题。前不久，中国作家莫言，被其家乡建纪念馆，那栋五十年前有幸见证一代名作家出世的破烂房屋，被当地政府挂上了"莫言旧居"的牌子，成为"山东千里民俗旅游"的景点，而在莫言之前，贾平凹文化艺术馆与陈忠实文学馆早已开张多年；余秋雨先生的老宅子，更是成了当地政府的文物保护单位。

一边是死者后代拒绝进入"先贤祠"，一边是活着的人被立"生祠"，两相比较，可以看出一国之民究竟有没有真站起来，这个国家有没有真的尊敬自己的历史和自己的良心——借用西方的说法，知识分子乃社会之良心。所谓"尊敬"，应该是知识阶层真正拥有独立和自由，而非把尊重二字喊得全球皆知——既然许以富贵，自然另有所图。

多少老艺术家在遭遇窘境？

近日，一个关于老艺术家晚年遭遇的帖子出现在天涯与豆瓣等网站上，触动着不少国人内心中柔软的部分。帖子称国产经典动画片《葫芦兄弟》的导演胡进庆老人患有抑郁症，并号召广大网友给他寄明信片，带去一些温暖与关爱。不过，事情的发展出乎人们的意料：一位自称是胡进庆孙女的网友"小胡小姐"跟帖称"就算我爷爷真的变成那样也绝对是美影厂给逼出来的！我们现在就是在和上海美术电影制片厂（简称美影厂）打官司，争夺版权问题。"（据《成都晚报》2009 年 12 月 15 日报道）

作为 20 世纪 70 年代生人，我对于《葫芦兄弟》自然不陌生。不过说实话，这似乎还算不上一部足够"经典"的作品，无论是人物形象还是故事演绎，总是感觉有些粗糙、生硬。《葫芦兄弟》应该是中国动画在改革开放之后走向市场的转型之作，既缺乏之前中国动画作品与传统文化特别影像天然的血缘关联，又少了些"封闭年代"中人们对于世界和生活的"天真"。与随后涌入的"机器猫"和"蜡笔小新"相比，则缺乏现代气息和属于工业时代的想象力。在我看来，比起《葫芦兄弟》，胡进庆其他作品如《鹬蚌相争》、《淘气的金丝猴》体现出了更高的艺术水准。

但是，即使存在这样那样的不足，我们也不能否认，这是那个时代上海美术电影制片厂出品的少数可以"产业化"的作品之一，对于那群出生在 20 世纪 70、80 年代的孩子们，《葫芦兄弟》更是成为他们的成长记忆中美好的组成部分。而所有这些，换一个角度看，都意味着商机与财富。这可能也是胡家与上海电影制片厂最终对簿公堂的原因之一。

这则新闻中里最让人难过的是胡进庆遭遇的窘境："见到这位先生的那个下午一直在流泪，胡先生患有严重的抑郁症，无法出门，不敢见生人，也不敢说话，他哆哆嗦嗦地活着，见到学动画的年轻人，他竟然连连作揖十分卑微。"虽然这些描述尚未得到最后证实，但却也符合今天人们对于那些曾经感动过我们的老艺术家生存状况的认知。晚年窘迫的，不仅仅是罹患抑郁症的胡进庆。沪剧泰斗王盘声，每月退休金只有 1778 元，生了病只能在社区医院开药，受每一次处方最高额度 50 元的限制往往得不到良好的治疗。
而另一位更为人熟知的"情报处长"陈述，则因为穷困晚
年多次自杀。还有，《洪湖赤卫队》作曲兼编剧张敬安晚年
病重无钱医治在"窘迫"中离世。即使是功成名就的大导
演谢晋，其追悼会上刘晓庆送上一布袋现金似乎也在说明
同一个问题，还有小崔同学一再为之呼吁的上译厂老艺术
家们……这些青春飞扬的生命，似乎都已经被时间磨平，
他们的美丽与光荣去后，只剩下记忆和异常严酷的"今天"。

　　除了经济的贫困，造成老艺术家们窘境的另一个原因是
精神的寂寞。在我所在的城市，几乎每次民间戏剧活动中都
可以看到两位特殊观众——两位退休的话剧团演员。出于尊
重和礼貌，这些玩戏剧的青年们会请她们发发言，而每次发
言，这两位老艺术家也异常"识趣"地掌握好时间，表达完
对于后辈艺术探索的赞许之后继续沉默。一次演出之后，我
试图与她们攀谈，却惊奇地发现，两位老人家对于演出其实
根本就没有看进去。告别之后，望着这两位老人远去的背影，
我觉得她们可能已经寂寞到放弃了自己的美学标准而仅仅因
为可以呼吸一下剧场空气的地步了。而胡进庆对来访者作揖
后说的"未来是你们的，你们都是精英，我们已经不行了"
这种心酸背后，不也是一种永远的寂寞？

仔细想来，所有这些窘境似乎都可以在也许注定"无解"的版权纠纷中寻找到答案。让胡庆进孙女愤怒的那段话：老人"心里明白他的作品不是他的，不是'作者'的，而是属于厂，属于'人民'的，所以在他的家里竟然没有一张定稿的葫芦兄弟，他为自己不能拿出像样的东西来而遗憾和自责。"在我看来恰恰是事情真相所在。这些艺术老人在某种程度上是"单向度艺术家"，无论是他们的创作还是他们的精神，都与体制、单位存在着扯不断的关联，当时代转换，当他们青春不在，再无力追逐所谓时代精神的时候，悲剧，注定也就会发生。熟悉历史的人们不难想起当年艺术界人士进入体制时的复杂心态和艰难过程，而几十年过去，被塑形且已经衰老丧失艺术创造力的艺术家们又在品尝体制转型的痛苦，历史的循环，对于他们，实在是太残酷了些。

论文产业映现中国高校魔幻现实

寒假将至，照例是中国大学总结工作，论功行赏的时候。这块土地上那千百所高校，又要开始一年一度的紧张忙碌。在其中谋食的各色人等，无论是留洋海归教授博导还是最基层的助教，此时通常都需要上报过去一年中收获的所谓科研成果，详细列出发表论文的数量、级别，是否中文核心、是否 SCI 或者 CSSCI，申请到的课题是国家的，还是省级的。所有这些，都被明码标价，并会适时兑现。

今天，动辄可以派出千万巨款海景洋房的中国大学，实在是不差钱。

不知道一则不断发酵的新闻会给貌似波平如镜的中国高校以及中国社会带来多大震动，据《长江日报》报道：武汉大学副教授沈阳进行的买卖论文研究显示，我国买卖论文已经形成产业，2009 年产业规模达十亿元。而用反剽窃软件查询 2007 年的样本数据，结果更是震撼：72% 的文章是全文抄袭，24% 的论文为部分抄袭，只有 4% 的文章不存在抄袭。

不少人都知道中国大学，中国的科学研究病了，但当这组数据赤裸裸摆在面前，却仍然刺眼到叫人难有勇气正视，如果这个数字为真，这个时代的绝大多数冠以学术名义的精神产品，俱为假冒伪劣。

多么令人绝望的图景：孩子们喝着掺有三聚氰胺的奶粉，他们侥幸长大以后，又面临着同样严重的精神造假。只要生活在这块土地上，他们就不得不吞咽下这些东西，然后，看着这些丑恶慢慢成为自己身体与精神的一部分，还带着旁白：这就是成长，这就是成熟，还有，谁让你不幸生在中国。

在我看来，沈阳副教授研究的，是论文产业中黑色部分，而如果将看似合法合理的中国高校管理者对于论文数量科研项目疯狂的追逐与丰厚回报统统加在一起，这十亿元恐怕根本不算什么。前不久披露的井冈山大学两个化学讲师论文造假，记者调查后发现，还有另外一位来自黑龙江的学者，短短几年时间在这份刊物上发表论文 249 篇。

这种让人难堪的奇迹如何发生？很自然，人们会想到评价体系的扭曲。在高校体制内生存的老师和学生，其实

如同任何一个正常的生命体一样，在现有环境中依据趋利避害的本能进行选择。我们今天看到的触目惊心的现实，正是这些人们选择的结果。每一幕疯狂背后，实际上充满了精明的动机。所以，面对疯狂与丑陋，我认为需要进一步追问：评价体系为什么总是扭曲？

实际上，今天中国高校，已经成了自我运作，自我认可，自我标榜，自我证明的魔幻现实，这个魔幻现实，矗立在大地上却与这块土地并不发生直接关联。外界痛心疾首金刚怒目根本不会给这个魔幻现实带来什么触动，因为它真正需要负责的，并非社会、公众，而是其直接的"上级管理"机构。中国高校对论文的疯狂追逐根本原因也在于此：高校管理层不可能不知道问题严重，但是，精神的毒药毕竟不会马上死人，而体制，更是让其中大部分人们冷血且习惯性偏离常识。

更为可怕的是，这个魔幻现实中，某种逆淘汰机制已经形成。想想被抄袭的小人物王凌云，跳楼自尽的涂序新，便不难体会到那些专心学术，不愿低头，想要保证自己独立精神的学者们，在今天的中国高校中遭遇的无奈乃至窒息。而魔幻现实背后，则是对自由精神，独立人格，对于现代大学制度以及现代社会规则近乎本能的恐惧与厌恶。

另一方面，这个自我运作的魔幻现实，更是本能性禁止学者与知识分子对脚下土地的真正审视。最近谣传有教师因为"过于关注现实"被停职，更是让人真切认识其中的逻辑性荒谬。

当假唱不再只是传说

　　一则读来颇有喜感的新闻：中国假唱第一案被央视曝光。据悉，近日中央电视台新闻节目曝光国内第一例假唱受查案件的过程：在 2009 年 9 月 19 日成都市双流县举办的"今年我最红"黄圣依个人演唱会中，四川省文化市场稽查总队与双流县文体局发现"歌手"方梓媛与殷有璨假唱。文化部相关部门向记者表示，已将此案移交成都市双流县文化体育和新闻出版局处理，四川省文化厅将在双流县文化体育和新闻出版局作出行政处罚决定后正式向社会公布。

　　所谓喜感，主要因为"国内第一例假唱受查案件"这一殊荣居然落到了在某县举办的某非专业歌手演唱会的非专业嘉宾身上。央视曝光演唱事件后，有媒体发现本次事件中涉案的两位"歌手"，实际上是舞蹈演员，而且在京城居无定所，没有单位和签约公司，属如假包换的北漂蚁族。

遥想去年文化部等部门下文严打假唱，大棒挥舞之时，颇有项羽、典韦、张飞之风，何其伟哉。几个月过去，大棒之下，终于倒下几只倒霉蚂蚁。这个结果与当时正襟危坐言之凿凿相互映衬，实在有些滑稽。

细想起来，在过去，假唱终归只是一个传说，一句"拿证据来"，多少虚假就此被掩盖。而今天成都的事情说明，拿到所谓证据，并非不可能的事情，关键在于有没有消除虚假丑恶的真正决心。不过从这个角度想想，消灭假唱，实际上更是难言乐观。套用一个人们熟悉的逻辑，只要不卖票，就不算假唱。

问题在于，当假唱不再仅仅是个传说，这种选择性失明，"真作假时假亦真，假作真时真亦假"的游戏，是否可以如有些人想象那样永远维持下去？

闭关十年茅盾文学奖一统江湖

　　这个时代还有没有"文学"的位置？这个问题还真困扰了我几年。说来惭愧，自打进到中文系念书，入了所谓文学研究的门，无论诗歌还是小说，好像都很难再打动我。前几天塞林格逝世，看众多圈里圈外的大腕儿满脸沉重悼念的样子，我只能暗度自己实在是修为不够，咋就沉痛不起来？后来在MSN上看到一朋友的签名：对塞林格没感觉。不由心中大喜，恨不得买张飞机票到北京找他握下手，然后吃顿涮羊肉再回广州。

　　所以，当看到有学者还在为茅盾文学奖的沦落痛心疾首，心中不由泛起钦佩之情：近日《辽宁日报》刊登了清华大学肖鹰教授的文章节选，呼吁茅盾文学奖暂停十年。在十年时间里，中国文学界励精图治，打通任督二脉：一方面让中国作家磨炼自己的思想之剑，另一方面让中国批评家群体自我更新和提升。最终，重新确立茅盾文学奖的核心价值（评奖宗旨），让茅盾文学奖成为真正的国家最高文学奖。

在我看来，肖鹰先生焦虑的，既是茅盾文学奖官方色彩越来越浓、越来越缺乏公信力，更是萎靡不振的中国当代文学创作与批评，在他看来，"一个民族不能没有自己的文学，正如一个人不能没有心灵及其优美的表达。一个伟大的民族必有伟大的文学，因为民族的伟大是以民族心灵的伟大及其完美表现为核心的。"这种想法当然不错。不过，问题在于，文学发展与某一个特定奖项，是否存在他以为的这么密切的关系？

其实，即使在文学已经"边缘化"，国家奖项成为体制中人自娱自乐的今天，我们依然能读到触碰自己心灵的汉语文字。那些不入茅盾文学奖评奖者法眼，进不了专家评论家们的"当代中国文学史"的人与作品，无论是王小波还是龙应台，照样在时间流逝中显现出了价值。

实际上，茅盾文学奖，连同不少类似奖项，即使被冠以"国家"之名，已经并不必然享有权威性。这一现象，在我看来应该是历史的进步，这些奖项更多的是官方立场与专业主义的某种折中，其日见式微则反证了一个社会思想与言论空间的开拓。与这些奖项式微的同时，新兴的市场化传媒与网络等新媒体则在另一维度推动了中国文艺的发展，并显现某种新的价值观念。就文学而言，无论是南方的"华语文学传媒盛典"还是不久前榕树下重新上线的盛况，似乎都在证明着这个时代的文学依然有其生命力。

当然，肖鹰先生的呼吁足见其对中国文学和中国社会的真诚，不过，我想对他说，与其把希望寄托在这样一个奖项上，期待闭关十年茅盾文学奖就能一统江湖，倒不如向程青松他们学习，自己组织信得过的学者们搞一个"张爱玲文学奖"什么的，或褒或贬，发出声音，表达态度，也许十年之后，具有公信力的文学奖与价值标准就会真正出现。

相声进高校，向着体制一路狂奔

有心人可能不难发现，最近几年，每到二月，似乎总会出来几则关于北京电影学院的新闻，去年是有考生因落榜而指责招生中存在潜规则，被有关方面义正词严地驳斥，然后不了了之。而今年二月，到目前为止我看到的消息有两条，一个是在推特上看的，听起来像真的，但估计是假的，说是有人报道报考电影学院的如云美女时不怀好意地问她们对潜规则的看法，有美女淡定地回答："只要有规则，就好办。"让人不禁对祖国青年一代油然而生敬意。还有一个，听起来像假的，可还就是真的，据多家媒体报道，今年北京电影学院将招收本科相声班，由冯巩等大腕儿负责面试。

实际上，翻翻历史就会知晓，相声界将这门艺术引入高等院校的努力一直就没有停过，比如，1958 年成立的天津曲艺学校属于中专性质。而在 2001 年，中央戏剧学院开

设了相声创作、表演大专班，众多大腕儿如冯巩、侯耀文、姜昆都参与办学、教学，可惜后来因为中戏取消成人教育，没能坚持下来。但是"作为一次相声进入高等教育的尝试，积累了不少教学经验，也为今天开办相声专业做了有益的探索"。数年之后，终于卷土重来，相声教育一跃而成为本科。照这般规律发展下来，估计过些时间会有相声硕士、相声博士，而我们熟悉的著名笑星们，不少也就顺理成章成了教授、博导，手头也会有大把的国家课题，大笔的科研经费……还别说我这是胡思乱想，从这次相声班负责人所说的："高校开办相声专业，不仅是要培养市场所需要的相声表演人才，也要向人才培养的纵深发展，提高专业人员的相声理论水平。"不难从中体会到他们的万丈雄心。

不过，问题的关键在于，这般兴旺发达下去，相声这门艺术，是否就真有了美好的未来？说实话，我对此持悲观态度。今天相声乃至整个曲艺的状况，可以说是冰火两重天，一方面，郭德纲、周立波以及刘老根大舞台等等火得一塌糊涂，而另一方面，某些特定晚会里的相声却越来越像是在胳肢人，非但叫人笑不出来，严重时简直叫人想哭。

相对于其他专业火爆的状况，相声班报名有点冷的状况似乎也在表明社会的态度。是走向民间还是走向体制？

这已经成了摆在相声圈面前的一个问题。

在两会中继续的春晚争议

　　春天到来，春晚往往就成了让人齿冷的"往事"，也许，经历了周立波来还是不来，马未都那十几万给还是不给，刘谦背后那几位观众究竟是不是托儿，本山大叔那个小品究竟应不应该拿奖，在广告中插播春晚究竟合不合适等等的争论与风波，今年两会上关于春晚的言论与提案，将给这台未来"中国非物质文化遗产"晚会献上最后的评论。

　　据《华商报》报道，全国政协委员、中国音乐学院院长金铁霖日前表示，春晚节目太低俗，普通老百姓的欣赏水平还不如上世纪 50 年代。而《南方都市报》则报道了全国人大代表，吉林省歌舞剧院歌舞团团长刘春梅本次两会将携带《关于春晚实行改革的建议》赴京。在这份建议中，刘春梅历数春晚五宗罪，并且表示："今年我要代表全国电视观众向上级部门提出这个建议，春晚再这么办下去，不如不办！"

政协委员、人大代表，自然要代表人民讲话，看看刘代表建议中所列春晚罪状，其实在民间，无论是坊间闲谈还是网络灌水中早已出现过无数次，不过因为这些人并没有被央视算在他们那百分之八十多的收视人群中，可能从没有拿正眼去瞧过，如今被人大代表提出来，估计还是需要认真应付一下，不过刘代表那句自我表白："如果经过建议，春晚质量提高了，我一个人上不上春晚是微不足道的。"读来颇让人心酸。

在我看来，相较于刘春梅代表的建议，金铁霖委员的言论其实更值得去仔细推敲。因为这里面涉及一个到今天还在困扰这个社会的问题：低俗。今天中国社会，有多少罪恶打着对低俗开战的幌子进行，我们其实心知肚明。西方社会学家韦伯有个重要观点，人类社会由中世纪进入现代社会，实际上是一个"去魅"的过程。这个"去魅"，照我这个社会学外行看来，某种意义上是"低俗"的同义词。实际上，去魅之所以能够展开，一来是因为人们崇拜的神未必就是真神；另一方面，即使是真神，如果越界，不把自己当信仰而进入不属于自己的领域，进入到人们的日常生活饮食男女，自然也成了需要被"去"的对象。

从这个角度审视春晚，我们不难发现这台晚会真正的问题根本就不是什么低俗，而是伪崇高与伪低俗共存，无论崇高还是低俗，都与百姓的真实生活渐行渐远。而金铁霖的批评，不过是站在"伪崇高"的立场上藐视"伪低俗"：他倾力创造的所谓"民族"唱法，在艺术走向虚假的问题上，恐怕与春晚一样要负责任。

1983年开始的春晚，几乎是伴随着中国改革这几十年一路走来的，用一句大家熟悉的话说，春晚的地位是历史形成的。不少人，包括我其实有点怀念80年代的春晚，因为那时候春晚挺像一个茶话会，台上台下轻松互动氛围清新，更重要的是，春晚还能顶住所谓低俗的压力让李谷一唱"乡恋"，时间过去近三十年，春晚自己倒成为压力的一部分了，如此看来，历史发展真还不是一帆风顺。

最牛连环抄袭透视出的日常生活之罪

一篇发表于 20 世纪 90 年代的学术论文，在随后的时间里在十几家学术刊物上反复出现，先后成为七十余人的"学术成果"。这一荒谬的事实因为偶然的原因被几个大学生发现，大学生们尽自己可能完成了这一篇学术论文的传播路线图，并将之提供给媒体公之于众。

以上是《中国青年报》一则报道的内容，这则报道被冠以"史上最牛连环抄袭案"的标题，异常刺眼，但是，如果想到此前媒体报道的武汉大学副教授的沈阳研究成果，用反剽窃软件查询 2007 年的样本数据时发现，有 72% 的文章是全文抄袭，24% 的论文为部分抄袭，只有 4% 的文章不存在抄袭。人们可能就会明白，其"最牛"桂冠实在令人怀疑。因为在十亿中国论文产业的现实中，这不过是冰山一角，既不空前，更不会绝后。

这则新闻涉及的抄袭者，基本都是医务人员。有人担心，这种抄袭会导致医生错误操作，而白衣使者普遍涉嫌抄袭，更让人们为医生的道德水准担忧。不过在我看来，这些担心都有些过分书生气。实际上，人们不会不清楚，医生的实际能力，究竟有几分是从所谓学术研究文献中获得，而在大范围的论文重复、抄袭已经成了普遍现象的今天，抄袭论文与其医术医德，不会真的存在那么密切的关联。

在我看来，相较于那"最牛"的桂冠，事件中那位被抄袭医生的看法倒是更值得深思。这位医生看来，在今天的现实条件下，抄袭者实际上存在着令人同情的地方，是体制逼人行不义之举："在上世纪 90 年代，只要发表 3 篇文章就能评上副高。结果后来有同事发表了 6 篇，那再后来者就要写 9 篇，才能在积分上超过同事。这种竞争关系导致过去两三百分就能晋升，现在有的临床医生要攒到三四千分才能晋升……医学工作者大多对现在的体制有很多意见。"她说，大家都很羡慕从高校出走的艺术家陈丹青，因为在学术领域，这些弊端是共通的，但是谁也不敢真的像陈丹青那样洒脱。"身在局中，就只能遵守现有的规则。"

从这位医生的话深思下去，我们会发现这样一个事实，那就是，在今天的现实社会中，一个医生，一个在体制里生活的人，为了维持自己的生活并能够有所改善，为了自己的人生能有所"进步"，就不能不屈从于一套荒谬的评价体系，就不能不为了满足这一评价体系而抄袭或买卖论文。即使这一评价体系的荒谬已经几乎达到人人皆知的地步，却没有什么人能真正改变它。人们只能顺从，只能一步步让渡自己的道德原则，放弃自己的基本价值判断，让自己的日常生活浸渍进某种不义乃至罪过，变得灰色，否则，就会在体系内的竞争中失败，甚至失去人生正常的发展可能。

有意思的是，这桩连环抄袭事件涉及的十年，正是孙立平教授所谓"社会溃败"的十年，这个论文抄袭的传播链条，既在某种程度上证实了孙教授的观点，也在侧面显示出，所谓溃败，并不仅仅指那些极端事件，更是指每天静静发生的我们的日常生活。

韩寒的全球影响力来自常识

必须承认，我是韩寒的粉丝，所以当看到《广州日报》关于 2010 年 4 月 5 日韩寒进入美国《时代周刊》杂志全球最具影响力候选名单的报道，我实在是有些惊奇——不是惊奇韩寒入选名单，而是惊奇新闻的标题，惊奇新闻标题最后那个有些刺眼的问号。

我不知道《广州日报》是出于什么考虑，用疑问句的方式书写这个标题，也许他们想要转述部分"网友"的质疑：韩寒什么时候具有全球影响力了？在这部分网友看来，作为青年作家和赛车手的韩寒，他的名字进入榜单，与世界政治家企业家放在一起，会影响实力榜的"权威性"。也可能在这部分网友眼中，"中国"并非"世界"一部分，这块土地上生活着的十几亿人口，并非"全球"的有效组成，所以，即使韩寒已经成为我们今天最有影响力的青年人，成为当下公民社会的象征，他的影响力也不足以具有"全球"性。或者，只有政治家与经济精英入选《时代周刊》，这些网民心中的权威感才能落实。

"实际上，韩寒有没有影响力，在我看来已经基本上不成为问题。"前不久，张鸣先生在深圳作演讲时曾经提出："现在的中国大学教授加起来对公众的影响力，赶不上一个韩寒。"这话自然有些情绪色彩，但在某种程度上也算是真相的一种。也许，在今天需要进一步思考的是，韩寒的影响力究竟从何而来？

很自然，会有一种说法，韩寒没有什么了不起，他说的不过是常识，他拥有的不过是俊朗的外表和同样俊朗的文字表达，他之所以能有今天的影响力，是传媒界炒作的某种成果：新概念作文让韩寒一夜成名，新浪网让韩寒成了草根名博，然后南方报系让他成了"公民韩寒"，再一步步进入"世界主流媒体"，成为美国媒体塑造的文化英雄、拥有世界影响力的中国青年。

微博上流传有一段十年前的视频，那是韩寒当年参加央视的节目，与"专家学者"，以及某位"品学兼优"的好学生进行对话，看了当年那个节目，我们不难发现韩寒影响力的真正来源，韩寒领先于他的时代，是因为他立足常识，反对体制以及体制为这个社会绝大多数人准备的评价体系。而这个体系一直到今天还在规训着人们的生活。另一方面，通过那段对话我们不难感觉到，在今天，常识是多么稀缺可贵，在现实中要获得常识，不仅仅需要勇气，更需要智慧。

焚书，危险的象征

一条就发生在我身边的新闻。据《新快报》报道，4 月 13 日上午，广州大学城华南理工大学学术交流中心门前，参加一场名为"心灵富豪学术交流会"的近二十名专家、教授们在几分钟内将五百六十多本书付之一炬。最先被烧的是郭小四《梦里花落知多少》，除此之外，尚有《羊皮卷》、《谁动了我的奶酪》、《货币战争》等一些曾经的畅销书。

说来有些荒诞，这条轰轰烈烈惊世骇俗的新闻，在它发生之时，距我当时所在位置，某个味道尚佳但卫生糟糕，还不知道有没有使用地沟油的湘菜馆直线距离不超过一公里，虽然这一公里比紫青宝剑与至尊宝脖子那零点零一公分的距离要遥远许多，可考虑到我最早是从某北京报人围脖上看到此条消息，又在网上浏览到新闻，然后发现就是发生在自己身边的事情，而且新闻中出现的那所大学正是我谋食的地方，这条新闻从发生到最后达到受众的传播链条，其"后现代"色彩也太浓重了些。

　　曾经有不少学者宣布中国社会已经是"后现代"社会了，已经超越现代性了，已经找到超越西方的"中国模式"了，这条新闻的传播路线图似乎也可以证明这一点，但是看看新闻的内容，我又觉得这些学者们的判断还是严重不靠谱。

　　还是先替我的东家做些澄清吧，这个新闻中虽然出现了某大学的名字，但是细细看来，此次事件与这所学校并无关系，唯一的关联是活动在这所大学对外营业的宾馆举办，新闻中出现姓名的学者，也非来自该校。另外，组织活动的林先生也算不上学界中人，根据媒体提供的信息，他貌似更接近一个社会活动家，不久前刚刚策划了一系列在我看来很奇怪的活动，或者叫行为艺术。比如"总裁抱抱团"、"老板宣誓不欠薪"和"向雷锋像下跪"等等。本次活动起源于林先生的理念：他一贯主张"心灵富豪"，倡导"心灵富豪"必须从清除"心灵垃圾"开始。按照他的说法，公开烧书就是为了警醒社会，让更多人行动起来，向"心灵垃圾"宣战。

　　说实话，看到这些新闻我有些心惊与沮丧。这种复杂感受源自此次事件揭露出的一种真相：一个不知所云的理念可以轻易忽悠来一群学者。而当组织者用一种明显践踏人类文明底线的方式——焚书来表达什么的时候，一群据说既有儒家又有道家的学者们，最多是口头说说不赞成，却都没有谁明确地表示反对，更没有人站出来阻止主办方的举动。于是乎大家就目睹几百本新书灰飞烟灭。

据某位参与者的说法，焚书不过是一种"象征"，但在我看来，即便是"象征"，也是一个异常危险的"象征"。如果说书的邪恶来自文字符号组合而成的意义，可以被认为是灵魂邪恶，那书的物质存在就可以视为承载邪恶灵魂的肉身。焚烧，意味着为了消灭所谓邪恶灵魂，人们可以消灭承载这些灵魂的肉身。可怕的是，我们的某些学者们对这种危险的思想熟视无睹，甚至更是欣欣然参与其中。

文化还是娱乐，其实不是问题

　　写评论有段时间了，前几天在微博上磨牙，谈及自己近来写的几篇娱评，结果发现有八卦潜质，被一位传媒前辈恭喜了一顿，说写娱乐评论比时事评论有前途，现在时评不流行了，版面萎缩，还是娱乐业以及娱乐新闻业有前途。被她这一表扬，我其实挺受打击。因为虽然属于咸吃萝卜淡操心，可是忧国忧民是我的一贯追求，正当幻想着可以以笔为枪，靠手艺吃饭，卖字赚钱而行走微凉大地的时候，这前辈说这想法凹凸了，逆潮流而动了。而且，更让我沮丧的是，我发现她说得对，今天真是个娱乐业蓬勃发展，娱乐帝国主义已经隐隐成型的时代。

　　比如这组新闻，编辑们可能就会有些头大，不知道是放在文化版还是娱乐版：据《扬子晚报》2010 年 5 月 18 日报道，苏州大学迎来 110 周年校庆，而毕业于台湾东吴大学的刘谦成为苏州大学名誉董事。刘谦接受记者采访时声称，两岸东吴是一家，而且，自己上学时从不翘课，考试也从来不作弊。

其实，如果不是专门关注中国大学的演变，一般人并不会把苏州大学与当年那个创办于江南之地、培养大批法律人才、在中国较早引进了西方大学学位制的具有现代大学特征的高等学府联系起来，更不会认为那些当年远赴东京，担任远东法庭的法官、检察官、顾问和翻译等均是苏州大学的毕业生。实际上，今天的苏大自己未尝不清楚这一点，所以在新闻中称东吴大学为苏大"前身之一"。

不久前看到一篇文章谈台湾高校的复兴，介绍了两岸学校扯不断的关联，东吴大学就是其中之一。这所大学迁往台湾之后，先是在台北汉口街租房设立东吴补习学校。1954年，当局因为补习学校办学绩效卓著，核准先行成立东吴大学，恢复法学院，成了台湾第一所私立大学。今天的东吴大学已成为台湾著名大学，其法律系依然是学界翘楚，秉持着"养天地正气，法古今完人"的校训精神，培育着"朴实热诚坚毅，专业通识宏观"的青年学子。对比这边的苏大，可能校园是东吴的，校训是东吴的，但大学的精神还是不是东吴的，就难讲了。

也许，这条新闻就是在说明，现在海峡两岸的大学，在今天实际上更能在刘谦那里找到共同语言，说明在这个时代正襟危坐和娱乐至死的双重面孔下面，我们见证的不仅仅是奇迹，更是被奇迹遮掩的苍凉和荒芜。因此，文化还是娱乐，在今天根本不是问题。

人大国学院：当国学遭遇现实，

会拥有一份怎样成绩单？

　　不知不觉，五年时间已经过去，人大国学院的同学们要毕业了。据《新京报》2010 年 5 月 25 日报道，人大国学院首批学员答辩即将完毕，将于近期毕业，大约二十八人将分别拿到文史哲硕士学位。在首批即将毕业的学生中，有八人考上了北大、人大、南大等名校博士，还有学生即将进入出版社、报社、大型国有企业等单位。不过，由于"关于国学科目的申请尚未得到明确的批复"，这也意味着国学院学生拿不到专业文凭。

　　在我看来，即使这顶帽子上没有冠以"国学"两字，国学院同学们的人生依然会烙上这两个字的印记。而无论如何看待中国高校创办国学院的初衷，无论如何揣测其背后的各种共谋，我觉得，面对成长中的青春，面对一群年轻人完成他们成长中的重要阶段，首先应该给予他们祝福。

相比五年前人大创立国学院时的热闹，在今天，当同学们要离开的时候，无论是舆论还是社会反应都平静了许多。毕竟，过去五年中，创建国学院的大陆高校，并不仅仅是一家两家。虽然有胆量有意愿搞国学院的大学大都是一些老牌名校，都有一定的新闻效应，但是当新闻一再被重复，无论是媒体还是受众，都已经审美疲劳。而另一方面，那些在创建之初曾经展开的激烈讨论，虽然依然没有辩出个是非对错，却早已经随风而逝。

事实上，国学院的存在已经成为某种被公众"认可"的现实。

不过，仔细想想会发现，这种认可，实际上是未经验证的。因为无论是何种教育模式，在学生没有进入社会，在受教育者彻底成熟为具有稳定价值观世界观的"社会人"，并成为影响社会的力量之前，其成功与否实际上既无法被证实，又无法被证伪。这也就决定了曾经的争论只能是一种口水仗，但一旦学生们离开校园，他们的表现，将是"国学院"此种教育模式探索面临的真正考验。

而且，相较其他教育培养，国学院的教育更让公众关注之处在于，它不仅仅是一种知识技能教育，更是一种价值观教育。正如叶匡政和谢泳等先生指出的，国学教育应该传递出一种价值观念。在道德底线不断被突破的今天，传统文化与传统伦理已经被赋予了某种神性光泽，成为部分公众心目中的济世药方。

细观人大国学院的课程设置，除了国学基础知识、国学治学方法之外，更有"国学精神意蕴"。所以，我不禁好奇，经过五年培养成绩合格顺利毕业的同学们，他们的国学精神意蕴是否能支撑这些青年人在未来的人生中不堕其志？那些进到名校读博士的同学能否坚持学术操守、表现出知识分子的良知与关怀？那些进到企业中的同学能否成长为有操守有抱负有社会承担的企业家？而那些成为媒体人的同学能否铁肩担道义、辣手著文章？我还想知道，所有这些毕业的同学们，多少年后，是否是在用自己的行动实现一个光明的未来？

同学毕业了，人大国学院却开始面临一场漫长又异常重要的考试。当国学开始遭遇现实，他们会交出一份怎样的答卷？会拥有一份怎样的成绩单？对此，我充满好奇，也充满期待。

新教师标准让老师们德艺皆无？

　　今天在中国，教师实在是一种有些奇怪的职业。这个职业一方面被抬得很高，被称为"人类灵魂的工程师"，每年高考完毕以后，不少酒楼通过"谢师宴"赚得盆满钵满，甚至不久前，在西南某地还上演了跪拜谢师的荒唐一幕；可另一方面，教师这职业已经和曾经的白衣天使、人民公仆等等一样，越来越不受待见，去年有个杂志做过调查，教师已经成为低诚信度的职业。

　　更悲惨的是，曾经德艺双馨的灵魂工程师们，现在更面临着德艺皆无的处境：据《法制晚报》报道，目前教育部正在酝酿出台《教师教育标准》，对教师的入职标准有所提高，以改变目前偏重书本知识、让学生死记硬背式的教学方式。照领衔起草该标准的华东师范大学教授钟启泉的说法，现在的中小学老师存在三个主要问题：不读书、不研究、不合作。而按这个标准，现在的绝大多数老师不合格。不知道为人师表者们听到这个消息会有何感触。特别是那些教书育人已经一辈子的老教师，那些已经被高考整得头昏脑胀的教书匠，突然被人宣布自己实际上是不合格的，情绪是否还能保持稳定？

实际上，细观这个所谓的教师标准，其针对的中学教育之弊病，不能说不存在，不过这些弊病如"偏重书本知识，接受式学习死记硬背，强调老师在课堂上的控制，是封闭式的教学方式"，与其说要归咎于教师的授课方式教学方法和自身素质，还不如说更应该归咎于一考定终身的高考制度，而只要这个制度不改，那些美好的愿望如"教师尊重孩子的学习权，与学生平等地对话"，用授人以渔取代授人以鱼的教学方式，也只能是个愿望而已。

2010年6月23日，国务院常务会议明确要求，重大行政决策须经公众参与，可有意思的是，在教育领域，这些年众多的举措基本上都没有经过公众，或者有当事者参与、认同。例如，面对新的所谓标准，我们听不到第一线教师的声音，而标准的制定者，似乎也从没想过要征求这些教育实践者们的意见。这实在是一个怪现象，如同教育部搞本科教学评估，追击世界一流大学，也从来没有征求过我这位教书几年的大学老师一样，仔细想想，实在是有些说不过去。

学术界应再启大讨论

自从今年三月汪晖被指涉嫌抄袭，几个月过去，事情非但没有水落石出，反而按照某种异常顽强的逻辑不断发酵、升级：先是国际知名学术大家余英时、林毓生做出"汪晖不辞职，清华大学校长应该辞职"的表态，后有汪丁丁、郑也夫、张鸣等六十多名中外学者联合签名公开信，要求中国社科院和清华大学组成调查委员会，审查相关问题。另一方面，为汪晖辩护的声音也始终没有停止，在所谓"倒汪派"联合签名公开信出现后不久，来自美国哥伦比亚大学的刘禾教授也向媒体发去九十四位海外学者的联署签名信，签名信表示声援汪晖。

在刘禾版公开信中可以看到人们熟悉的甚至如雷贯耳的国际学者的名字，比如詹明信、齐泽克，这两位学者的背景很容易让国人产生过度阐释的冲动，特别是事件演进到有匿名网友撰文，指出自由主义学者的代表人物朱学勤先生当年的博士论文也存在抄袭嫌疑的时候。人们更是无法将这两个事件孤立起来对待。

实际上，无论是朱学勤先生还是汪晖先生，对于20世纪90年代之后成长起来的青年一代知识分子而言，他们起到的作用——无论是正面还是负面，都是巨大的，某种意义上这两位都称得上是这一代青年的"启蒙者"，青年知识分子们或多或少恐怕都从他们的著作中汲取过营养。我至今无法忘怀当年阅读朱学勤先生《道德理想国的覆灭》时的震撼，这本书的某些思想，比如对革命、对道德主义泛滥造成悲剧的警觉已经成为理解今天中国现象的基础思想和价值评判共识，如果说这部作品涉及抄袭，那由这部作品生发出的巨大社会影响和整体思潮，是否也一并被证伪？而更深入想下去，如果朱学勤先生、汪晖先生的作品都涉嫌抄袭，那另外那些学者，那些同样给予我们营养，影响一个时代的学者们，把他们的代表性著作——放在这个"学术规范"的秤上衡量一下，情况又会怎样呢？当然，正像有评论指出的那样，"《阳光与闪电》一文原本就是该书的序言。而面对这场质疑风波，朱学勤仍然立即表示，会在适当的时候作出正式详细的回应。别的不说，这种对待学术质疑和争论的态度值得称许。"

　　在我看来，无论这次事件以何种结局收场，都留给了中国学术界和中国社会足够重要的话题，这些话题并不局限在所谓学术规范问题，而应该在更基础的层面上，比如学术何为，学术共同体如何建立，如何确立学术评价体系和裁决机构，学术与社会、与媒体的关系究竟如何，思想与学术究竟是怎样的关系等等。事实上，就中国学术界而言，虽然经历过20世纪90年代初的学术规范大讨论，但是因为那次讨论所处的特殊历史时期和相当一部分知识分子的缺席，这些问题实际上未能得到真正的讨论，却在某种社会形势下形成了现实意义的"制度"，并形成了一直持续到今天的学术范式，而汪晖本人，未尝不也是受益者。

　　可另一方面，如果这些基础问题得不到充分讨论并能够形成相对共识的情况，这个已经持续了近半年的事件，恐怕真就难有定论，而中国学术真正独立、实现自身使命、推动社会进步，也只能是个想法了。

李一：避不开原罪

即将过去的七月份似乎是"名人受难月"，先是唐骏，这个头顶"打工皇帝"光环，现任新华都CEO兼副总裁被爆出学历造假，随后，在争议声中，力挺唐骏并出面为之辩护的西太平洋大学校友、同样拿了博士学位的地产大鳄禹晋永又被爆出涉嫌诈骗。而第三位被放置到曝光台上的人物就是道士李一，不过与前面两位不同，李一成为媒体关注焦点，却仿佛在经历一次过山车般刺激的过程，从造神到去魅，再到最后沦为"江湖骗子"。当然，整个过程还没有最后完成，甚至结局如何还需拭目以待，但是无论如何，当年在水下呼吸的神迹，因为公证机关拒绝对除当事人外的任何人公布公证信息，只剩下一段不可证实似乎也同样不可证伪的罗生门，除非，让李一道长在公众目光下再次演示一遍，当然，这种事情发生的可能性已经近乎于零。

不知道有没有人绘制一份李一道长的媒体路线图，从十三年前上海电视台的猎奇节目，再到后来的湖南卫视、凤凰卫视，《中国企业家》杂志一直到著名时政类杂志《南方人物周刊》的封面人物，李一道长几乎是伴随着媒体一路成长，也渐渐被涂抹上了神性的光泽。这很难说是谁有意为之，因为即使是形象营销天才，和媒体配合得如此合辙和韵，也是异常困难的事情。我更应该将之视为一个相互成就的过程，而这个过程，其实也是李一道长成长的过程。

翻翻手头能找到的李一道长的人生经历，如果去掉记者有意为之的一些神化伪饰，或者用一种在家人世俗的眼光，我们大致可以勾勒出一份成长的履历：1969 年，李一道长，或者用他的本名，李军，生于一个有道教信仰的家庭。三岁时候，也就是 1972 年，"文革"中，遭遇一场大病，随后被父亲送去河北。如果记者没有撒谎，李军没有受过正规教育，而是受到"纯正"的宗教教育，并且学过民间的中医。在上世纪 80 年代初，他组织过一个类似杂技团类的表演组织，靠卖艺为生，而且自己就是一个很好的艺人，曾经夺得过重庆一次比赛冠军。随后，李军的舞台搬到了上海，1997 年，他在上海电视台《天下第一》栏目露面，在密闭的玻璃容器中坐了两个多小时，现场观众见证了这一"表演"，或者叫"神迹"，更为奇特的是，还有公证人员现场公证，确保了事件的"真实性"。

与神通相伴随的是医术，与在电视台露面相去不久，李军在重庆市委机关大院开设了一个道医馆。据媒体采访到的信息称，当时多位领导对李军的医术很信服。也就在这个时候，李军开始了他的事业，恢复缙云山上绍龙观，并以此为基地，发展壮大一个事业团体。有了绍龙观，李军也终于可以不叫李军而叫一个充满玄学色彩的名字——李一。

有篇报道中这样一段话读来颇有意味，不妨细细观之："如今，李一轻易不以术示人——他已不再需要通过惊世骇俗的方式展示自己或者说服别人，虽然他的弟子还偶尔表演'掌心煎鱼'之类的功夫。历史上道士有装神弄鬼的形象，他是个聪明人，不想被扣上这顶帽子。"

之所以说这段话有意味，是因为在我看来，这其实深刻解释了李一道长的某种转变，真正让李一道长头疼的，其实未必是今天不少媒体人所执着的那个问题：当年的表演究竟是真是假？因为只要李一坚持不表演，人们就无法验证。让他头疼的恐怕是这种"转变"本身，他常常矢口否认他的态度观点有什么变化，但事实上，今天的李一道长是一步步修炼来的，是随着中国社会变化和受众需要以及由此带来的"商机"一步步成长的结果。

从卖艺为生行走江湖，到显露神通吸引信众，再到权力中枢里开设医馆通过治病扩大影响，一直到拥有道观经营事业，这就是李军转化成李一的过程，不过引人注目的是，在文化传播过程中不断神化的同时，李一道长实际上经历着一个去魅过程，而且，神化与去魅形成一组相互支撑，相互呼应的二律背反：一方面是他的公众形象从江湖术士而气功师而神医而养生专家而国学大师（未来）。而另一方面，他的个人形象确实是"去魅"的，从能水下打坐两个半钟头到以行医为主，再到后来医术高明，成为养生专家，一直到最后完全告别神迹，成为人精神的守护者，这也是李一道长从社会底层不断突破阶层瓶颈，步入名流上层的过程，而这个轨迹，实在是非常高明而有效。

有评论针对今天追随李一修行者众多且不乏富豪名流这一现象，提出中国富人，所信基本上是巫术的质疑。这个质疑自然不无道理，以人类文明发展观之，李一不少行为确实属于巫术范畴，不过另一方面，今天媒体的质疑由于过多拘泥于李一当年各种神通究竟是真是假，没有注意到李一其实一直处于变化的状态，比如，李一与南方人物周刊的对话"我没有明天，也没有昨天"，已经很难看出李一身上的巫术气质了。相反，现在的李一，已经成为现代社会所需要的精神教父。他的说法，已经和央视主持人柴静所推崇的那位西藏上师告别迷信，极具现代宗教情怀的观点差别不大。人类文明从巫术到现代宗教的演进，几乎就要在他身上完成了。而他今天的显赫身份，华中师范大学历史文化学院兼任教授、马来西亚吉隆坡中医学院教授、中国道教协会副会长，也预示着这个极度聪明的中年人灿烂的未来。就这一点，他和张悟本决然不同。

可是，李一身上的"原罪"是他始终迈不过去的坎，今天他必须偿还这笔"原罪"，而对社会公众而言，理解李一，未尝不也是理解这个时代乃至我们自己的一条好路径。

后 记

本书取名《非常识》，其实是向常识致敬。

写评论一段时间后，偶发念想，这些文字有没有可能汇成集子，成一本书。如果真有这机会，就给她取名，叫《常识》。后来的事情大家都清楚，我非常尊敬的评论作家梁文道先生出了一本同名同类的书，并且已成为畅销读物之一。

没办法，后来想想，就在"常识"前面加上个"非"字，以示区别。平心而论，实在是没有什么要相提并论或者叫板的意思，而是想凸显在这个时代"常识"的重要，以及获得常识的艰难。

书中收录的文章，其实可以视为我个人精神求索的历程，是尝试从书斋走出，直面社会，不断思考的过程与结果。这同时是一个寻找的过程，也是一个反思与批判的过程，是一个拓展与消解同时进行的过程。而这一过程，对于我们这些生活在当代中国，成长于90年代社会转型期，从县城出发走向城市，已经难称青年的人而言，可能具有某种普遍意义。

评论是依附于事实的，也正因为如此，不少人以为这是速朽的东西。可实际上，在今天的中国，我们不得不直面一种很奇怪的现实：那就是，汗牛充栋的"学术成果"养活着不少人的"文学作品"，其生命力可能未必比本应速朽的"评论"长久。这一现象原因可能很复杂，但是，缺乏常识，没有勇气和能力去直面现实，没有能够在常识的基础上自由思考、舒展人性，却是我们都能体会到的。因此，"评论"在中国就变成了一种异常重要的文体，因为它意味着一种通向常识的尝试。而回归常识，是这个国家完成转型，成为正常社会的必经之途。等到这条大船走出"历史三峡"的时候，这些文字才或可束之高阁，随风而逝。否则，它们会始终在燃烧，照亮一些人。并不是这些文字有怎样的意义，而是我们距离理想和正常生活的距离，让它们获得意义。

不管怎样，"吾诗已成。无论大神的震怒，还是天崩地裂，都不能把它化为无形！"我非常喜欢王小波引用的这段话。

感谢刘明清老师和菊芳、姝宏的辛苦工作；感谢各位师长、兄弟的鼓励；特别感谢潘采夫、李蝴蝶两位兄长对我的帮助，是他们促使我开始了评论写作。

谢 勇

2011 年 1 月 12 日